U0825593

风从千年来

流动的音诗画

薛保勤 著
孔明 评

陕西师范大学出版总社

图书代号：WX20N0193

图书在版编目（CIP）数据

风从千年来：流动的音诗画 / 薛保勤著；孔明评.— 西安：陕西师范大学出版总社有限公司，2020.6

ISBN 978-7-5695-1401-8

Ⅰ.①风… Ⅱ.①薛… ②孔… Ⅲ.①诗集—中国—当代 Ⅳ.①I227

中国版本图书馆CIP数据核字（2020）第037786号

风从千年来：流动的音诗画

FENG CONG QIAN NIAN LAI：LIUDONG DE YIN SHI HUA

薛保勤 著 孔 明 评

出 版 人 刘东风
选题策划 郭永新 焦 凌
责任编辑 焦 凌
责任校对 宋媛媛
出版发行 陕西师范大学出版总社
（西安市长安南路199号 邮编710062）
网 址 http://www.snupg.com
印 刷 陕西龙山海天艺术印务有限公司
开 本 710mm×1000mm 1/16
印 张 21
插 页 4
字 数 165千
版 次 2020年6月第1版
印 次 2020年6月第1次印刷
书 号 ISBN 978-7-5695-1401-8
定 价 78.00元

读者购书、书店添货或发现印刷装订问题，请与本公司营销部联系、调换。
电话：（029）85307864 85303629 传真：（029）85303879

生命长歌｜序

陳彦

我跟薛保勤先生认识很多年了。最密切的接触，还是在西安市雁塔路南段10号院的那些日子。我与他的办公室紧挨着，随时就能串门。到餐厅吃饭，也都叫上一路，凑在一桌。说工作，也说写作。说着说着，也会走进他的办公室，研究起某首歌曲来。这些歌都是他作的词。作曲和演唱，有时是身边熟悉的人，因此，谈完意见不久，又会听到新的一版。他创作的好多歌，我都是这个时期熟悉起来的。再就是他的诗。那几年，每每在中午休息时分，微信会咯咯响几下，一看，是他传来的新作。我就知道，他中午没休息，还在“推敲”那些让他无法“眯瞪一下”的诗句。在这个院子，忙碌完会议、文件、公务，一般会谈些干部升迁、流转、约谈、罢免的信息，而说歌、说诗、说文学，有点不搭界。因此，我跟他就说得很低调、很“内部”。常常大院发生了惊天动地的事，我一般只会在开大会了才知道，他大概也不会比我知道得更早。因为业余时间，他老在捣鼓那些“警句”。后来他走了，我也走了，见面就显得越来越奢侈。

庚子年闹新冠肺炎的时候，有一天，他突然来电话，说要出一本书，嘱我作序。说这本书里的一些作品，我都熟悉。并且还谦虚地说：

有些歌，是我与他当时“内部研讨”时，给过他压力才写的。我知道，这都是客气话。让我作序，重要的，是我们有那么一段“密切接触”的历史。薛先生比我年长，但温良恭俭，君子谦谦，让我学到很多东西。

最近手头的活儿和要读的书，的确很多，但薛先生的大作不能不读，并且得认真拜读。这是一本真正的诗歌集，有诗有歌。并且很多诗，也是可以作歌的。从最早的劳动号子“杭育杭育”开始，诗就有音乐性，能传唱。后来越写越涩，当然，体量也日渐庞大，诗与歌，就截然分开了。可在薛先生的笔下，我始终觉得，它们还是浑然一体的。即使是长篇叙事诗，任意抽出一个段落，也是可以作乐作歌的。

《风从千年来》，还真是拉开了一个很大的切面，从诗经，到屈原，再到李白、杜甫；从高原，到草原；从井冈，到延安；从星空，到池鱼；从胡杨，到睡莲……生命意向繁复，隐喻指涉多重。薛先生每每希望用最小的文字量，去撬开文字背后的山河历史、人文累进。因而，短章断篇，也见灵魂拷问，千古诗心。中国古代很多文人都在官场，志于“为天地立心，为生民立命”。他们希望做“往圣”，因而，无论何时何地，升迁贬谪，或明升暗降，或挤兑出局，都要写几句诗，以安放灵魂。

我的家乡镇安县，清代从湖南调来一县令，叫聂涛。其实只管了七百多户、两千多人丁，相当于现在一个村主任的角色。但他努力稳住精神阵脚，不以“职小卑微”而懒政，八年把人口发展到七千多，涨了三倍多。那就是当时全部的GDP综合效应。他满意卸任，留有大量诗文，让今人看到了一个县令和一个县域的精神高度与灵魂。我想官员治辖，理该如此由表及里，不仅兴旺人丁，发达经济，也要开出一点文明的花朵来。这大概就是薛先生反复叩问《一个丑恶的灵魂能够走多远》《把灵魂放到高处》《给灵魂一个天堂》《把灵魂打扫干净》的来由。当然，官员不一定非得像薛先生那样能写诗。但官场生活一旦离开诗意、诗性、诗的牵引，纵然位高，也给人以味同嚼蜡感。郑板桥也是一区区县令，却用心和情捻弄出“衙斋卧听萧萧竹，疑是民间疾苦声”的句子，且知行合一。因而，一个其貌不扬的怪老汉，便有了二百多年来一想起就觉得可爱得要命的官场形象。这就是诗与远方给一个人注入的生命温度。扯得远了。

再说说《青春的备忘》。我们这一代人，从爱上文学那天起，就在接触“知青题材”。几十年过去，“知青题材”也并没有成冷门话题。薛先生就是知青。我与他饭堂、文案之间，也多有涉及“知青话题”，每每他都十分严肃，从不简单二元对立，非此即彼。他是用自己的生命，丈量过这段“过往”的人，因此，我比较看重他的诠释。他说痛苦，他说折磨，他说情怀，他说意义，我都点头。因为他始终在叩问，在质疑，在反刍。当然，任何一个生命个体，对于一个大的历史事件，都只能是单锋面的攀爬或目测，其意义恰恰在于“横看成岭侧成峰，远近高低各不同”的角度合成。我从薛先生的“青春备忘”中，看到了他横看、侧看、远看、近看、高看、低看的多维视角转换。我想文学艺术的价值，不外乎是给人提供更多更丰富的认识世界的角度。一切单锋面的偏执，都于事无补，于世无益。太单向的突进、陡峭、高耸，容易造成更危险的断裂与崩塌。人类对历史教训的最好汲取，就是永远都在多维度地探测并“旁征博引”、综合考量不息。我觉得他的这组诗，也是能歌的，甚至可以用秦腔的“苦音慢板”，让一个须生，一板一眼地去苍凉咏唱。

薛先生是一个行吟诗人，也是一个“坐唱歌手”。行吟诗人不难理解。而“坐唱歌手”，我们过去常会在某个地方陡然相遇。他们没有什么经济利益，也没有什么演唱目的，就是需要唱。即使没人听，也会自个唱。他们不唱新词，只唱前朝后代，兴衰更替，生死恒常。过很多年，你仍然觉得词是那么明白晓畅、意味深长；反而太花样翻新，也就连皮带瓤都浮在水面，转瞬即逝了。薛先生作歌，有撇掉时尚的故意，而好深水打捞一些沉积已久的“冷藏”。我们能从他的歌里，随意抽出许多“干货”，做一种细嚼慢咽的品尝。像“那张铅灰色的脸，透过秦扫六合的烟尘，回望焚书坑儒的惨淡，一问两千年”的《问天》；还有“乐游原，悟终南，空灵有幽兰。仙峰道谷觅捷径，心静即为仙”的《遐思》；尤其是“一城文化，半城神仙”的《送你一个长安》，弄得满城人好客如古，拱手皆“送”，已然是长安的形象代言词了。他在努力行吟、“坐唱”着属于自己的面貌和自己的一片诗歌天地。诗与歌，既可以深邃峭拔，铎声阵阵，把剑向天，也容易趋时媚俗，浮光掠影，扭捏作态。而薛先生沉潜积厚，静水深流，不媚俗，不轻佻，不赶潮，不诳语，诗里行间饱蘸着自己的精神与生命修为。其个性面目，也便越来越清晰地呈现在读者和听者面前了。

人类从来没有像现代这么自信，以为能解决一切棘手问题，而所向披靡。然而，一个新冠肺炎病毒，整个社会就猛然都按下了暂停键。我们也突然发现，缺失的东西很多很多，包括常识，包括平常特别讲究的文明与优雅、合谋与共进等。在大难面前，仍有一些仇恨遍地、拳脚相加、飞沫四溅，说明文明的交响，还远远没有解决人类前进中的基本面向和节奏、节律问题，还需要很多行吟和“坐唱”诗人、歌者去杜鹃啼血般地诉说常识与规律。

诗与歌，都是感性的，可以激起冲天巨浪，让生命搏击出无尽的彩虹。但诗与歌，也是理性的，应根如磐石，纵泰山崩于前而面色不改。我想这是诗歌真正的力量。我的朋友薛保勤先生，就是在努力作着这样经世致用的生命长歌，精卫填海、推石上山不止。

是为序。

2020 年 4 月 6 日于北京

目　录

一　生命短章

二 山高水长

三　人生百态

四　岁月如歌

附 篇

风从千年来

风从千年来

01 生命短章

把灵魂放到高处 生命短章之一

把灵魂放到高处
走进世俗
在雅与俗的和谐中寻求出路
以生命的名义为高贵祈福

把灵魂放到高处
走进泥污
在与龌龊的博弈中尽显风流
以淡定的姿态笑傲江湖

把灵魂放到高处
走进财富
与金钱谈判走出物欲的歧途
让精神滋润漫漫长路

把灵魂放到高处
和长天对话

把灵魂放到高处

为大地张目

点评

这首诗不但朗朗上口，而且余韵绕梁；不但脍炙人口，而且颇耐咀嚼。此前听过作者亲自朗诵，其后忍不住多次诵读，其声韵之美，其立意之新，其寓意之深，都令我不能不用灵魂为作者点赞！“把灵魂放到高处”，只此一句，已抵得“出淤泥而不染”的《爱莲说》。屹立白云之上吟哦，不唱高调，声自远播；怀揣千里波涛，只需敞怀，便有惊涛拍岸；发心灵之咏叹，必有美诗佳句脱口而出，诚如“大珠小珠落玉盘”也！

假如灵魂能够出窍　生命短章之二

假如灵魂能够出窍
就这样随风飘摇
看芸芸众生中的我和你
无谓地哭　浅薄地笑

世俗的不可一世
功名的钩心斗角
为了不值得的东西莫名其妙
人啊　自以为聪明却常常渺小

假如灵魂能够出窍
要培养小草平凡的品质
再有些大山伟岸的格调
要编织大海浩瀚的胸襟
再有些清风飘逸的逍遥

假如灵魂能够出窍
就这样随风飘摇

再尽一次忠　再行一次孝

再爬一次山　再做一次草

哦　岂能一次　我知道！

点评

典型的现代体，“国风”魂。看似蜻蜓点水，实则有如带刺的玫瑰，香花不掩锋芒，刺眼，刺心，刺入骨髓！多少功名路上客，做了欲壑贪婪人！若是有缘读到这首诗，能感悟“当头一棒喝”，则诗人之良苦用心算是找着知音了！

花开的时候　生命短章之三

南方的丁香开的时候
我在北方
遥望着那簇醉人的芬芳

北方的牡丹开的时候
我在南方
叮嘱兄弟代我去闻香

家中的那盆百合开了
我在远方
牵挂寸草春晖的柔肠

人啊　不管你走到哪儿
不该忘的别忘
不仅仅是花的模样

点评

反复吟诵了多遍，心里有了如莲的喜悦，却禁不住泪流一脸，我被作者抒情的别具一格感动了。人活天地间，有情才抒情，有心才牵挂，物我一如，莫能例外。诗心蕴藏真诚，诗里必有真情实感；诗情荡漾心胸，诗中必然千回百转。山高不碍白云飞，情真难抑诗意来。无论身在何处，只要心系一处，时空便可穿越。奇思妙想为伴，诗情画意无限。

蜡 烛 生命短章之四

不要总是将我提炼成精神
燃烧原本就是我的生命
从来没想过奢望什么
只希望被照亮的
也有我一样的赤诚

点评

虽是短章，却意味深长。既然做了蜡烛，就当自认燃烧乃是宿命，照亮更是天职。不生奢望，才会心安理得。

远　方　生命短章之五

小时候喜欢远足
长大了逐浪远航
一直在努力
它却永远在前方
那是一个谜一样的地方
崎岖　坎坷　神奇　神往

当我的人生将走近夕阳
夕阳说
远方可能是一个永远到不了的地方
到远方的过程
可能就是远方

向远方
需要向前　向善　向上
奔远方
必须坚韧　坚强

有人说什么远方
不过是堂吉诃德的梦想
我要说
她是梦　还有希望
让我充实　不再迷茫

点评

好诗就是一盏灯。灯不挑不明，诚然哉！

胡　杨　生命短章之六

已经没有了生命的迹象

静静地扭曲着遒劲

一尊尊死亡的雕像

一群群伟大的背影

生命的归宿不仅仅是死亡
悲壮　有一种使命是唤醒
为了生者成长的蓬勃
为了逝者精神的长青

啊　死亡
在这里也是风景

点评

诗人情怀之所以与众不同，是因为诗人怀抱的情感其实更理性，诗人拥有的理念其实更坚定。这首诗用大漠胡杨的“死”解读人世间的“生”。至少我从这几行诗里领悟到了如许真谛：生生不息的是躯体，长青不败的是精神，胡杨如同旷世英雄，即使死，也是一道风景。

武夷山，这杯茶　生命短章之七

这杯茶
从一千年前出发
披着火红　映着霞
在朱熹先生的书案上打了个盹
今日抵达

这杯茶
端了一千年
武夷山上
举杯问桑麻
是温暖是温馨是牵挂
是清泉是清风是天下
哦
全然是一杯飘香的中华

这杯茶端得太久了
期许难以表达

历史的风风雨雨

人生的酸甜苦辣

一句话

能端得起　会放得下……

端起澄澈　放下沉渣

能端起的作仙

会放下的是侠

哈哈……

这是茶的学问

也是山的文化

点评

一首诗，借助一杯茶，穿越时空，纵横畅想，道尽人世沧桑，也道尽人生清浊。与其说茶里诗意长，毋宁说诗里茶味香，抱有诗人情怀，才有对茶的奇思妙想，才能借题发挥，品出千古风情、百世芬芳，悟出前世今生与古往今来的些许真相。所谓“茶里乾坤大，壶中日月长”，禅机似在怀抱，其实尽在人心取舍。茶就是茶，一饮一吟，便见云泥高下！

邂逅　洱海边的诗行　生命短章之八

有感于x先生的“拒绝”

风流着水
编织成一波波玲珑的诗行
姑娘来了　掩卷沉思
在洱海的森林中读诗　假装

诗中有酒　小伙醉了　摇摇晃晃
流连忘返　问路　酒里觅香
美在不可言传的碰撞中蹒跚徜徉
灵魂懵懵懂懂地相约着起航

是放浪？是张扬？是渴望？
邂逅　是不是就这样？
不要抱怨年轻的轻佻
有爱的追寻　就会滋生力量

请理解
年轻人的离经叛道　常常

哪怕走错了路
也会丰满感情的成长

哦　大理
一个放飞生命的地方

点评

一首诗，泄露了爱情的天机。古往今来，邂逅，奇遇，一见钟情，都是这样的。仿佛机缘凑巧，实际上多半是心灵契约，不谋而合。哈，云在天边微笑，因为只有云知道，人间的一切浪漫，都是天在安排，就像织女和牛郎一样。读此诗，云破月来花弄影，妙乎哉！

题 秋 生命短章之九

晨起，友人凌晨发来的几张悲秋组照映入眼帘，他大约失眠了……

秋　就这样来了
秋雨朦胧　秋声凄迷
满湖落叶　一地缤纷
淅淅沥沥　寻寻觅觅

悲从秋起
我常常对此不以为意
我讨厌
无病呻吟的哼哼唧唧

我览秋　夕拾朝花
收获期盼　播种新绿
我看秋　别有洞天
检点过往将虚荣过滤

飘落的是浮华
留下的是希冀

送走的是热烈

留下的是沉寂

哦　我不随秋去

在收获中守望

守望斑斓的美和你……

哦　秋就这样来了

秋色　秋风　秋声　秋雨……

当然　还有孕育

点评

与刘禹锡《秋词》有异曲同工之妙，但气象、意境却在《秋词》之上。心上着“秋”，必然生“愁”，悲从中来，与其说秋杀，毋宁说自杀。“夕拾朝花”，作者“拾”到的是带露的朝阳。或许人生本该这样，不在“无可奈何花落去”中无病呻吟，而在“道法自然”里领悟生命与季节的关联与真谛。

桂花 · 题照　生命短章之十

桂花开了
含着浓郁的芬芳
桂花哭了
带着淡淡的忧伤

桂花谢了
零落化土　土含清香
桂花走了
留下若有所失的怅惘

岁月如花　冷热炎凉
人生就是这样　常常
热时不躁　凉时不慌
“桂花，上酸菜……”
也许是一种选项

点评

真是妙哉，看桂花照片，都能生发奇思妙想，想必诗人心里“别有桂花”吧？更妙者，作者竟能联想到“桂花，上酸菜……”，雅到极致，便返璞归真吗？“桂花，上酸菜……”，的确是一种不错选项。活人其实就是活一种境界，心胸辽阔，雅如何，俗如何，都可桂花飘香……

和你一起看彩虹

和你一起看彩虹
挽天际那支瑰丽的弯弓

初霁的旷野　微风
扑捉花儿不听话的笑声……

露珠溢　顽皮
哦　好一片绚烂的眼睛

天公作爱
乌云与太阳交响着萌动

和你一起看彩虹
你收获缤纷　我记录生命

点评

这首诗浪漫得让人感动、冲动、蠢蠢欲动，仿佛春水被吹皱，仿佛杨柳被撩拨。一句一幅画，宛如连环画，借助叙事的烟雾，抒发了一段亦幻亦真的人间真情。此诗可吟，天地新美；此诗可品，爱情珍贵！

让生命走出自然的轮回

有朋友在群里沮丧地抱怨，说她去美容，人家把她叫阿姨，而她却一直以为：自己还是姐……

本来已是阿姨
为什么偏要人家叫姐
我也曾经想当哥
人家却将我叫爷

理解你渴望年轻的心愿
须知晓春光不仅仅是容颜
我曾见过老气横秋的小伙儿
世界在他眼中已经变得暗淡
我曾见过玩世不恭的姑娘
美好在她心中已恍如昨天

阿姨亦有阿姨的风采
爷们儿也可能风光无限
让生命走出自然的轮回
青春不仅仅属于青年

点评

诗言志，志哲理，志便在铿锵行吟里婉转起伏，若隐若现。读第一遍觉得这是诗，稀松平常，劝人要活明白而已；读第二遍觉得这不仅仅是诗，话里有话，话赶话，味儿似乎就在“赶”里，却咀嚼出子丑寅卯来；读第三遍若有所思，若有所悟，终于拍案叫绝：这才是诗呀！仿佛被当头一棒喝，真醍醐灌顶了！人生就如这首诗，活人就当活得像这首诗：坦然，豁然，自然而然！

夕阳与麦浪

你在西天火红里火红
我有大地金黄的金黄
火红诱惑斑斓的神往
金黄摇曳丰硕的希望

黄昏　天地苍茫
我将成熟装满了谷仓
星星来了　采缕缕心香
月亮笑了　洒一路银光

夕阳点染着麦浪
红在天际　黄在地上
天上的理想引领着希望
地上的希望支撑着理想

噢　夕阳与麦浪
有梦的人

常常就是这样……

点评

自古而今，人一路走来，谁不脚踏黄土地？谁不怀抱一腔梦？梦是窗户纸，一指能戳破。这首诗的妙，恰在妙不可言处，似可意会，却似是而非，若用心回味，或能会心一笑。此诗不似“夕阳无限好，只是近黄昏”那般直白如画，也不似“已是黄昏独自愁，更著风和雨”那般凄楚恓惶，更不似“休去倚危栏，斜阳正在，烟柳断肠处”那般黯然神伤，可能与叶帅的诗句“老夫喜作黄昏颂，满目青山夕照明”的意味更接近些，但也是接近而已。显而易见，诗人别造意境，另有怀抱，那就在吟唱中去琢磨吧！

红叶与我的人生对话

一

不要看我
我只是一片叶
再红再火也只是一片叶
当冬天逼近的时候
也会凋谢
飘落在寂寥的旷野
一切的一切都会没感觉

不要看我
我只是一片叶
想努力握住美丽的秋色
却抵不住季节的凛冽
我会腐成土　我会化作埃
最终泯灭

我只是一片叶
也渴望潇洒地飘落在爱人的肩头
从此长厮守
笑看风霜雨雪　目空一切
我只是一片叶啊
大地　没有你
我就失去了整个世界

二
红叶　莫悲伤
你是世界上最美的一片风光
生活因你而有了怒放的华章
人在看红装　也在悟沧桑

红叶　莫沮丧
你明媚　你丰硕　你辉煌
你已夺目芬芳
人在慕辉煌　也在悟无常

红叶　莫悲怆
纵然随风飘浪
大地也将随你悲壮苍凉荣光
我目送你升腾飞扬

三

人生不可能永远辉煌
总有无奈　常伴迷惘
生活　原本就是这样
不必为莫名的惆怅而感伤
不必为脆弱的感伤而惆怅
少一点欲望
达观　坚忍　坚强
向着明天
哪怕明天还看不到希望
天塌不下来
塌下来还有高山　这个肩膀

点评

一叶知秋，一叶知美，一叶知荣枯，一叶知始终。这首诗富含哲理，催发联想，使人感悟，让人在吟哦中不能不产生共鸣。人生就像这红叶，能熬得过秋是幸运，熬不过冬却是宿命。再仔细想，人生若能像这红叶，又何其幸哉！由发芽而绿，而红，虽饱经风吹、日晒、雨打，却能稳稳地长在树上，赏过夏的风景，饱阅秋的丰硕，终于红透漫山壁崖，吸引无数啧啧称羡的目光！红了，红过，就该知足。此诗的妙蒂、妙喻，是否就在这里呢?

春天的花与秋天的果　我与人生的对话

你说：只要有花就会有果
　　　春华秋实　春天的花就是秋天的果
我说：灿烂的花　也可能早早脱落
　　　秋的璀璨需要冬的严酷
　　　春的辛勤　夏的火热

你说：只要成功　就能享受幸福生活
　　　我们要有追求的气魄
我说：幸福需要成功　成功需要拼搏
　　　还需要心境的恬淡
　　　心态的平和　心胸的广阔

你说：只要有收获　就会有快乐
我说：快乐　不仅仅是收获
　　　创造的人生更耐咀嚼
　　　仅有收获的快乐

似嫌奢侈　似显单薄
似乎还不够深刻

你说：今天的劳作　是为了明天的欢歌
我说：不要为了明天　忘了今天的我
人生是每一天构成的交响
是抑扬顿挫的组合
酸甜苦辣都是歌

你说：母亲是条爱的长河
不忘养育之恩
绝不数典忘祖……否则……
我说：不仅仅是“否则”
不忘大爱　意味着滋养我的祖国
包括低矮的茅棚　大山的皱褶
还有那架古老的水车

你说：我的理想　就是为了祖国
我说：祖国不仅仅需要你的劳作
还有精神的富有　追求的蓬勃
健全的人格

点评

这才是母语——汉语言土壤里生长出来的美诗华章！旋律是本来就有的，哲理本来就隐藏在母语的机锋对白里，只要有发乎心灵的慧根，善护念而守正，佳句、箴言就会脱口而出，就像花开高山，不用拔高，就是高度，不用粉饰就引人注目！如此哲思妙语，或许人人心里都不经意、不期然滋生过，却被荒腔走调给淹没了。诗人的可贵恰在这里：上天借助悠悠诗口，发出天籁般的真元本音！这是诗的原汁原味，更是人生的原汁原味。

在路上　霞

从汹涌的乌云中剥出太阳
晾在茫茫无际的草原上
抽出一缕缕丝
织就一段段锦
放飞一根根芒
万道霞光
这是云与影的梦想
短暂，但却有着锐利的辉煌
传递着温暖
怀揣着遐想
阴霾的日子坚守希望
坚守的日子历练坚强

点评

这是一首小诗，却像一幅巨画——一幅铺天盖地的油画或水墨画。诗意是豪情万丈的笔，诗情是意蕴丰厚的墨，草原的上空宛如浩瀚的诗空，诗人的想象又如雄鹰的翅膀，在奋飞中向天泼墨，把“霞”泼在了草原的辽阔！美啊！读此诗，我仿佛就置身在这“霞”的包绕之中，如痴如醉，如梦如幻，却若有所思，若有所悟：“霞”很美，“红霞万朵百重衣”；“霞”像梦，梦里依稀是蓬莱；“霞”像虹，雨过天霁虹烂漫！

这首诗机锋昭然，故又有禅焉！

在路上　月

从河里捞起一轮月亮把它风干
挂到天上
给山野一片银辉
给世界一个辉煌
月亮走了
却留下了希望
心中有一分纯洁
风干自己的月亮
你就有希望

点评

这首诗像童话，其美也，只可意会，不可言传；这首诗像梦话，其情也，只可形容，不可描画。从河里打捞月亮，只有天真无邪的童心才能有这样的异想天开；把水淋淋的月亮风干，也只有浪漫无垠的诗心才敢有这样的异想天开。

每个人的心里，都该有个月亮的。从自己心池里打捞，就可以把月亮捧在手上；心空有月亮高挂，心里自然会纯净、敞亮……

诗心如月，诚然哉！

在路上　星

夜色中急行
仰望苍穹
将星星摘下
揽入怀中

问星欲何往
问星今何从
星星笑答：
守护纯洁
　守望光明

我与星星同行
十分温暖
　九分温馨
两分相悦
　一分清醒

用我的真诚
还有使命

点评

诗心浪漫，所以才如此奇思妙想；诗心天真，所以才与星星零距离对白。星星是纯洁的化身，是光明的载体，是希望的守护神。揣着星星远行，不怕山高路远，不怕旅途漆黑。读着这首诗，胸襟瞬间开阔，眼前豁然一亮。始信：一首诗就是一柱烛光，哪怕微弱，却不能说微不足道，只要拥有，前行便不会迷失方向。

夜的眼睛

夜里的灯笼热烈绯红
恍若一串飘摇的眼睛

灯影摇曳
　笑语群星
星携着灯
　灯拥着星
群星观灯海
　灯海簇群星

品茶
　将星星放入杯中
望月
　把灯笼揽入怀中
把酒
　让星星走进灯笼

问天
　送灯笼扶摇长空

于是
醉了灯笼
　红了星星
美了夜空
　花了眼睛

点评

“夜的眼睛”原来是这样的！不是诗人，不读这首诗，真难想象。这一切，是想象，不是想象，却只能想象；不只浪漫，不只美妙，还令人百般地想，万般地望！只要有一颗诗意的心，就会拥有诗意的美！这首诗似在提醒人们：不要忘记，夜，是有眼睛的，而且是这样的璀璨迷人！

给妈妈的话

妈　小时候
您常说
人老了　就进了天堂
我曾想
那是一个多么神秘的地方
您老了　却没有进天堂
我总想
您是　到了一个
只能想不能见的地方
想你的时候　想着天堂
心里难受
严厉　善良　慈祥
还有儿女所有事的担当
难受的时候　就望着天堂
那个看不见的地方

经常　经常

有时觉得欠您的再也无法补偿

点评

这首诗令我几度哽咽。没有了妈，才能说这样的话。像梦话，却都是掏心窝的话。说给谁听呢？妈在哪儿呢？我和作者一样，宁愿妈在天堂上。妈是在天有灵的，说啥，只要是儿女的话，都能穿越时空，都能被妈听见。

我希望有妈的人读一读这首诗，最好是读给健在的妈听！在妈的心里，儿女的话——当面的话，就像这首诗一样感人肺腑，催人泪下！

牵着女儿走在大街上

夜走，忆及当年带着女儿正月十五爬城墙。

牵着女儿走在大街上
步履蹒跚
月静天朗女儿要上天
牵着她的小手
我们攀城墙

踩着斑驳的城砖
讲解嫦娥　点化吴刚
女儿淘气　要上月亮
我说明天给你摘一个
今晚天太亮

女儿累了
趴在我的背上摇晃
噘着嘴进入梦乡

女儿笑了

月光为她勾画着模样

点评

是诗，是童话，然而在过来人心里，更像梦话。走在大街上，牵着女儿的手，走着走着，不知不觉间，女儿走丢了。女儿并没有走远，却再也回不到从前。过往的岁月，幸福的瞬间，只有在这首诗里去重温，去抚摸，去还原。女儿“要上月亮”，那是梦话，那不是梦话，那就是梦话！那是拽着亲情让人回味无穷的如诗如画！

读这首诗的时候，我的眼睛湿润了！我相信，读这首诗的所有过来人，眼睛都会湿润的！

一个丑恶的灵魂能够走多远

法院，国徽高悬
神圣的光沐浴着人民权力的威严
法庭，天平耀眼
　正义的砝码保驾着公平的航船
一个堕落的灵魂
　在接受良心的拷问与正义的审判

死缓
如晴天霹雳将你几乎击倒
怎么？！
这是邪恶的报应
还是天方夜谭……

“我曾是一名天真烂漫的少先队员
我曾是一名朝气蓬勃的共青团员
我曾是一名无上荣光的共产党员
面对鲜红的党旗——

我曾高擎起‘奋斗终生’的誓言
通体洋溢着‘忠诚’的庄严
我曾经纯正，我曾经清廉
我曾经恪尽职守、兢兢业业，立志终生奉献

……
怎么可能呢？
我怎么可能沦为可耻的罪犯？！
佛说：苦海无边，回头是岸
可我一回头，身后已没有了岸……”

母亲——
白发飘飘、步履蹒跚、长跪不起、老泪如泉
你寄托了寡母多少希望
多少安慰、多少梦想、多少光荣、多少期盼
“儿啊！你怎么？！……
给你叮咛了多少次
咱祖祖辈辈没有出过你这样的大官
咱要走得正，咱要行得端
多少次！让你小心
多少次！要你勤勉
多少次！让你不要拿公家的钱
多少次！要你千万千万

……

你让娘放心了一千次

你给娘发誓了一万遍

怎么？你连娘都敢骗？

咱庄稼人就活个脸面

你怎么就坏了良心？！

怎么就只要肮脏的钱，不要尊贵的脸！”

一阵抽泣

一阵呜咽

一阵仰天长叹……

一阵欲说还休的凄楚、绝望

一阵撕心裂肺的难堪

高尚的灵魂

可以滋润心田

　义薄云天

一个丑恶的灵魂

能够走多远

……

注：节选自《罪恶的备忘》。

点评

与其说这是诗，毋宁说这是庖丁解牛的刀，刀刃锋利，刃刃见血，把一颗蜕变的灵魂血淋淋呈现在阳光下，呈现在法坛上！悔恨不能抵消罪恶，泪水浸泡着肮脏的既往，面对老母亲的声声责问，连天地都会动容，连江河都会哭泣！但愿这首诗能唤醒尚在醉生梦死的人！母亲的话怎能当作耳边风！

给灵魂一个天堂

不说牵挂是什么模样
不说爱的地久天长
化一片蓝天
给白云一个撒欢儿的牧场

不说海枯石烂
不说地老天荒
变一轮明月
让情思在彼此的星空飞翔

把热烈深藏
让生活决定情感的走向
筑一座巢
给心找一个说话的地方

把炽热蒸馏成水

把冲动燃化成香

修一座庙给灵魂一个天堂……

点评

真好！真好！蝶恋花，鱼恋水，给灵魂一个天堂，灵魂才会高洁，才会像花儿一样散发芳香。这首诗之所以美，不仅仅是因为自身有旋律，而且句句像琴弦，都有弦外音。读这样的诗，心灵的琴弦仿佛被妙手拨动，骤然间灵魂挣脱尘俗的羁绊而袅袅上升。天高云淡，一眼蔚蓝！

把灵魂打扫干净

把灵魂打扫干净
　　心灵会多几分沉静
把理想用追求界定
　　境界会得以提升
把心情用恬淡调整
　　生活会变得轻松
把酸楚用超然幻化
　　会有另一番人生

世间的事
　　不必件件认真
心灵的壁垒
　　往往容易沟通
生活的事
　　不必事事洞明
朦胧的世界
　　常常会有诗情

生活不会愧对执着
友谊不会辜负真诚
希望不会愧对热望
理解不会辜负宽容
成功不会愧对准备
人生不会辜负勤恒

点评

读这首诗，句句都有灵魂在闪光，感觉像神在耳提面命，骤然间天地洁净，没有尘埃，只有光明。灵魂就像脸蛋，只有洗干净了，才会光鲜、生动；灵魂就像眼睛，只有呵护有加，才会避免伤害，才能保持纯净；灵魂就像花朵，只有沐浴阳光，才会在怒放中最美、最靓。

爱鱼说

总想起　朋友办公室里的那缸鱼
想鱼在水缸中的模样，呼啦啦一片鲜红，忽悠悠一缸灵动

我在想鱼
想鱼的漂亮　飘逸　潇洒　艳丽
空灵　多姿　多彩　多情

想鱼的姿态　自如的　自在的　自我的
舒缓的　奔放的　欢腾的　寂寥的　落寞的　柔韧的

想鱼的游刃有余　收放有度　风华正茂
风度翩翩　风花雪月　风情万种

想鱼水的世界
鱼水之情　鱼水之乐　鱼水之欢　鱼水之美
鱼水之融　鱼水之风　鱼水之梦
想鱼　也想水

是鱼之水　是水之鱼　是鱼之乐　是水之乐　是养者之乐
是观者之乐
抑或故我两者皆乐
由乐想起养鱼的人
爱生活　爱生灵　爱万物　爱自然

爱鱼者养鱼　然而养鱼者是否想鱼之所想
好鱼之所好，爱鱼之所爱
鱼是自由的，却是被束缚在风景中的自由
鱼是潇洒的，却是温室中的潇洒
景是美的，却是爱鱼者制造的
这风景，这温室，这假象
鱼知否？鱼喜乎？
爱鱼者当知鱼之乐，当知鱼之需
爱鱼者以己之乐夺鱼之乐，以己之需为鱼之需，鱼需乎？

鱼之乐　是大江大河中流水弄潮之乐
还是温室里悠然自得游弋之乐呢
鱼是该回归江湖的
经过驯化在温室里的鱼
还有寻找自由的理想吗？还有搏击风浪的勇气吗？还有适应江河的毅力吗？

朋友，当你不知道自由时，你枉说自由，那是没有意义的
啊，联想到现实
被社会和父母以爱的名义千辛万苦千方百计驯养的孩子
他们许多已经没有了在江河中搏击生存的能力
屡见不鲜地靠老，心安理得地啃老
啊，别怪孩子，这也是被爱的无可奈何

（哎呀）我想起胡适先生说的一句话
一个能够独立生活的人才会有真正的自由
由爱鱼者想到爱儿者，由养鱼者言及养儿者
我们要学会爱、学会养，养和爱真是门大学问哪
我在想，爱鱼的人在做梦
我想多了，因为
因为我是真的爱鱼的，我想真心爱鱼的人，鱼它是会懂的

点评

《爱鱼说》如《爱莲说》，两相比较，却有超越。围绕着“鱼”，这样说，那样说，绕来绕去，好像是说“鱼”，其实是说“你”、说“他”、说“我”。似乎是诗人在对“鱼”自言自语，其实是哲人在面壁禅思禅悟。受此诗的点拨，人啊，是否应该多些换位思考？“爱你没商量”，那不是爱，那是一厢情愿的自慰、自摸！一旦把孩子当成宠物，或者把宠物当成孩子，戕害的将不只是所爱——事与愿违，可能会失去更多！

将军　你不要流泪

一场共和国前所未有的抗灾大营救，在十多万平方公里的地震灾区展开，一百多位将军率十万大军出生入死、决战疆场。他们中间有共和国的少将、中将、上将……他们彰显着人民子弟兵的忠诚，也有着壮士的侠骨柔肠。废墟旁，一位少将为一个压在废墟中曾有生命体征的孩子未能及时救出而老泪纵横……

恶魔撕裂大地　山河破碎
苍天垂泪　沧海垂泪
你领命临危
千军万马　振臂一挥

当百姓饥寒交迫　生命垂危
江河垂泪　草木垂泪
你劈山开路
关山飞度　无坚不摧

当大山将学校吞噬　青春被毁
山川垂泪　生灵垂泪
你指挥若定
声若惊雷　骁勇无畏

忘我　肩负着使命的忠诚
搏击　构筑起救生的堡垒
顽强　燃起一支支希望的火炬
奋争　奋争得无怨无悔

目睹家破人亡　仰天长跪
你饱含着泪
环顾片片废墟　残肢断臂
你强忍着泪
面对儿亡母悲　撕心裂肺
你抛洒着泪
闻听一声声被救的生命的呼唤
你纵横着泪

将军　你不要流泪
军人有责不洒泪
老百姓的天平上有你们的视死如归
孩子们的记忆中有叔叔擎天的光辉

将军　你不要流泪
男儿有爱不弹泪
共和国的史册里有你和你的团队
华夏儿女的心目中有你们的丰碑

将军　我们不流泪

大爱筑忠魂
大难显军威
国殇盼忠良
国兴有我辈

点评

是诗人的心声，更是百姓的心声。诗句像汩汩的泉水，带着甘甜，更带着感激和感恩，喷涌出山涧，奔涌起波澜，惊涛拍岸，比战争的号角更惊心动魄！谁是最可爱的人？当灾难降临的时候，人民子弟兵犹如天兵天将，救民于危难而出生入死。这是军魂，更是诗篇。诗人的讴歌，是时代的口碑，更是子孙后代的丰碑！记住将军的眼泪，也记住子弟兵们的奉献。

青春的备忘　追怀　知青岁月之一

我将青春备忘
青春给我梦想
我将青春备忘
青春令我迷惘
我将青春备忘
青春给我希望
我将青春备忘
青春送我翅膀
——题记

（一）

遥远，似乎已化作缕缕轻烟
　　恍如隔世飘摇的梦幻
遥远吗？并不遥远
　　好像就在昨日，就在眼前……
一段屡屡回首的沉重岁月

一段改变人生的非凡历练
有人说，忘了它吧！
　　把人生最美好的时光交给了苦难
　　还有什么不舍与眷恋？
有人说，别提它了！
　　不过是一些青年受了点风风雨雨
　　过了些沟沟坎坎　有些凄凄惨惨
有人说，控诉它吧！
　　让上千万青年接受远离知识的实践
　　留下的是一个民族遭受重创的遗憾
有人说，反思它吧！
　　磨难使青年
　　学会了做人，学会了勇敢
　　学会了坚强，学会了面对凄凉与惨淡
有人说，诅咒它吧！
　　我们的民族要学会理智
　　让荒诞不再重演
……

（二）

在“浪漫与空想”的旗帜高高招展的天空
蒙昧、盲从、狂热与声嘶力竭的呐喊……

于是——

　　真理被谎言扭曲、遮掩

　　理性被愚昧凌辱、强奸

怎能忘？！

　　风　撕扯着正义的碎片

　　雨　浸淫着良知的衣衫

　　知识遭受了灭顶之灾

　　文明走进蒙昧的深渊……

怎能忘呢？！

　　那是一千多万少男少女的青春大迁徙

　　那是精神的流放

　　那是肉体的考验

少年不识愁滋味——

　　年轻人的幸福往往不知甘甜

　　年轻人的苦难往往混杂着浪漫

　　当苦难剥夺了理性将理想流放

　　我们也有过年轻特有的欢乐、轻狂与达观……

在我的心中潜藏着一幅幅老照片

　　泛黄

　　常常掀起内心的波澜

我们曾经虔诚——

　　伟大领袖的一声令下

　　　　不经风雨何以见世面

我们如战士出征

　　怀着“大有作为”的信念

　　犹如当年百万雄师下江南

车站

　　锣鼓口号的喧响将青春之火点燃

　　胸怀着热望，通体充盈着庄严

送别

　　激情遮掩了

　　　　母亲们的唏嘘

我们高昂着骄傲的头

　　假装视而不见

……

（三）

我们曾经浪漫——

　　绕村的小河波光点点

　　月笼的草原诗意盎然

　　大漠绵延如此傲岸

　　漏风的家也洋溢着勇敢

犁地

　　脚下泥花飞卷

扬场

　　地上金花四溅

翱翔

　　在沙丘上翻腾

纵马

　　地阔天宽

于是——

　　忘情的笑声将大漠点染

　　世界如此奇妙

　　我们流连忘返

我们曾经真诚——

　　地头田间

　　　　耕耘、播种、除草、施肥，汗流浃背

　　　　讲述外面的世界将文明的生活承传

　　政治夜校

　　　　夜夜灯火阑珊

　　　　　　批林批孔彻夜不眠

　　油灯下

　　　　胸怀祖国、放眼世界

　　　　　　手捧雄文四卷

面对艰险

高诵“下定决心、不怕牺牲、

排除万难……”

备战　备荒

“深挖洞、广积粮……”

摸爬滚打、基干民兵紧握枪杆

心有芥蒂

默念“要斗私批修”

狠斗“私”字一闪念

初恋时节

不吐真言　含情脉脉　手不敢牵

战天斗地

苦干　夜战　一往无前

……

当丰收的希望

迎来一次次衰草的收获

当大批判的宣言

变成人人自危的心惊胆战

理想啊，到底怎么实现……

（四）

在没有精神的土地上
　　我们“生产着”精神
在没有希望的沙漠里
　　我们“制造着”期盼
在没有英雄的世界上
　　我们“幻化着”英雄
在没有文化的旷野中
　　我们“谱写着”创业的格言
在没有温情的寒风里
　　我们用孱弱的身躯“释放着”温暖
……

不记得了，多少次
　　为看一场电影，步行几十里
　　　　月明星稀、山道弯弯
不记得，多少次
　　为看一个同学，翻山越岭
　　　　几块红薯、分外甘甜
不记得了，多少次

破旧的口琴

伴随着难以言传和莫名的感叹

不记得，多少次

精神的会餐

虚幻的光衬映着通红的脸

不记得了，多少次

过度的劳作

伴随着饥饿与彻夜难眠

不记得，多少次

压抑的情怀

化作二胡哀婉的丝弦

没有小芳

生活哪有那么多浪漫?

没有小河

我们以大漠孤烟为伴

没有难舍难离的情思

没有辗转悱恻的爱的缠绵

劳顿、孤独、苦闷、无援……

人生的路啊

到底怎么走?

我们左顾右盼

……

（五）

一个花季的女青年
赶着驮水的骡子下山
不料，骡子受惊
她被撞到深不见底的山涧
花样的年华，凋零于瞬间
生命残缺，下肢瘫痪
战友们再次相见
　　含泪相向
安慰
　　却不知用什么语言
终于
　　凄厉的哭声
　　带着青春的悲鸣和绝望直刺青天……

他走了
　　到生产队仅仅三天
　　带着对生活的无限期望和遗憾
　　梦中的脸还绽着稚嫩的笑颜：
　　“明天、明年、未来应该色彩斑斓……”
　　无情的连绵秋水将梦击得粉碎
　　一阵轰然

　　窑洞塌陷
　　生命的交响就此中断
夜，漆黑一片
瑟瑟秋风中遥响着母亲的牵挂：
　　“儿啊，出门在外
　　要注意安全，千万、千万……”

她走了
　　带着悲愤、带着耻辱
　　带着对生的绝望
　　带着对心上人的深深眷恋
孤苦中，他们相依为命
　　心相近、情相牵、意无限
同居　大逆不道
示众　羞辱不堪
于是——
　　烈女子饮恨在枯树上
　　将命高悬：
　　“对不起，亲爱的！
　　这是我爱的宣言
　　你要活着
　　一定要等到……
　　为我们正名的那天！”

于是，我们终于明白——

有的惊恐：

人生最宝贵的时光

难道就这样交给无绿的山

有的不甘：

一颗红心不应面对无情的峰峦

满腔热望不该遭遇冷酷的荒蛮

有的绝望：

每每凝视一个个滴血的黄昏

不敢奢望　没有明天

过去的

只是离人生的黄昏又近了一圈

有的死水般平淡：

只要还有饭吃，能有衣穿

不要希望，活着就算

……

（六）

不是这样，不全是这样……

当革命的理想以激进的方式来实现

当浪漫的情怀遭受极左阴谋的欺骗

当虚幻的追求遭受严峻现实的检测

幻想的破灭生活的无奈就成为必然

盲从的青年常常无识无畏
随波逐流我们也制造了许多麻烦

不知轻重
　　偷鸡、摸狗，屡有前嫌
不计后果
　　打架、群殴，玩世不恭
不堪忍受
　　偷懒、装病，畏缩不前

更深夜半　饥肠辘辘
　　倾巢出动常常损坏将熟的农田
政治斗争　无情批判
　　受极“左”思潮的欺骗却以极左面目出现
反右倾　割尾巴
　　将深爱我们的乡亲推到了对立面
……
于是——
　　我们走在了真善美与假丑恶的边缘
　　我们踩上了良知与耻辱间的高压线

（七）

有人说：
　　温室中的花朵
　　受了一阵冷雨
　　就哀叹，就苦不堪言
有人说：
　　城市里的骄子
　　受了一阵冷落
　　就哀怨，就顾影自怜

苦吗？
　　似乎已经超过了承受的极限
脆弱吗？
　　似乎应将我们的感受检点

同遭不幸，境遇惨淡
不同的人群却有着不同的表现
面对民族空前的浩劫
看一看身边的乡亲
审视他们赖以生存的家园
　　吃糠咽菜
　　一身从春穿到冬的破衣衫

全部家产不足百元
他们却用博大的爱
温暖着想家的孩子
滋润着孤寂的心田
他们用慷慨的胸怀
包容了不谙世事
包括我们的缺点

还记得——
我们来时
乡亲们倾其所有
欢迎我们的那顿“晚宴”：
玉米饼、黄米饭、土豆拌酸菜
最奢侈的是一人一个鸡蛋
他们说：娃娃们，别嫌弃
我们的理想就是共产主义
天天能吃上这样的饭

还记得——
一位年轻的山村女教师
被胃穿孔击倒在课桌边
孩子们像天塌下来一般
教室里哭声一片：

“老师，我们听话
我们不再捣乱
老师，咱不怕，我们送您上医院”
于是——
夕阳下　群峰间
一群孩子　一路呼喊
老师
忍着剧痛与颠簸
却品尝着纯真与甘甜
她泪水涟涟：
我插队七百天
吃着百家饭
在房东大婶身上我找到了母亲的影子
在村姑们身上我感到了姊妹的情缘
没有乡亲和孩子的爱
我不会走到今天

还记得——
我们走时
乡亲们扶老携幼
村头
似启封的老酒一坛
大叔们来了

　　胸前挂上了一串串红枣
大嫂们来了
　　兜里塞满了鸡蛋
村姑们来了
　　郑重地一人发一双鞋垫
缝补浆洗　教我们生活的老奶奶
　　颤颤巍巍、步履蹒跚：
　　“娃娃们，常回来，
　　　　这里永远是你们遮风避雨的伞……”

耕耙耱犁　教我们干活的老爷爷
　　手摇拐杖、声音发颤：
　　“走吧，走吧，
　　不能再被这穷山恶水磕绊
　　走不动了，回来
　　这儿
　　　　还有一群想你们的老汉
　　　　什么时候都会有口热饭……”

胸腔被浓浓的亲情填满
泪水被古道热肠弥漫

衣衫褴褛

　　却把情留给非亲非故的小伙儿
饥肠辘辘
　　却把暖送给城里来的青年

纯朴　没有世俗的眉高眼低
善良　不要回馈的爱的咏叹
爱在贫瘠的土地上高尚
虽显琐碎，却义薄云天
苦吗？！
　　他们没有叫苦
冤吗？！
　　他们没有喊冤
　　默默地将这一切承担
　　　　泪水却往肚里咽
要不——
　　咋有夜半旷野凄凉的信天游
要不——
　　咋有洒在沙蒿林里的泪蛋蛋

（八）

多少个漫漫长夜
　　我们一次次走进历史深处

多少次瑟瑟秋风
    我们苦苦地追问答案

为什么
    昔日老师的镜片
        总是折射着惊恐与不安
    读书还得偷偷摸摸
        知识变得如此下贱
为什么
    贫困的土地
        总是弥漫着斗争的硝烟
    政治上的宠儿
        却是生活中的坏蛋
为什么
    乡亲们一天劳作
        工分仅值几分钱
    面朝黄土背朝天
        终年辛劳仍要受饥寒
为什么
    对假恶丑的厌倦
        只能忍受却不能言传
    对真理的呼唤
        却要遭受割断喉咙的摧残

为什么
　　荒诞的闹剧
　　在延续，五千年的文化积淀
　　凌辱的却是正义、良知与圣贤
为什么
　　祸国殃民的历史
　　势不可当发生在一夜间
　　不管你是否情愿
为什么
　　为什么?
　　几千年的文明古国何以如此健忘
　　泱泱大国的神经何以天气似的多变
　　文明的种子啊!
　　　　为何如此脆弱
　　指鹿为马的耻辱
　　　　为何屡见不鲜

（九）

苦难送给我一副发育不良的身躯
却送给我一双清澈的眼
在蒙昧的土地上点燃思考的灯

在贫困的泥淖里撑起理智的帆

历史老人告诉我们:

理智的丧失必定走向历史的反面

封建专制的残酷必将适得其反

愚弄人民的政治毕竟不会长久

民族的罪人终将交由人民审判

历史老人正告我们:

作恶者固然可恶、可恨

受害者固然可悲、可怜

让作恶者横行的我善良的人民啊

“忠厚”“纯朴”

难道不是任人宰割的

“土壤”和“条件”

难道不值得深思

不令人扼腕

苦难在昭示着历史

历史在将科学呼唤

我们期盼着春天

……

（十）

历史已经走到今天
　　春风送暖，春水潋滟
　　　　春雨润物，春光无限

为什么经受过严寒
　　却屡屡从记忆深处将其“盘点”
为什么炼狱般的生活
　　诅咒它却莫名其妙地情结千千
为什么经受过凄苦
　　却有一种说不清道不明的梦萦魂牵
于是——
　　后来的成功者认为
　　　　这是人生的铺垫
　　后来的失落者认为
　　　　这是倒霉的起点
　　玩味者以为
　　　　这样的经历有点苦涩、有点咸

毕竟　历史走到今天
　　解放思想、与时俱进
　　理性的光芒分外耀眼

是的

我们走进过严寒

严寒是一本无字的书

我们理解

丰满的人生

必须不断迎接挑战　常常伴随磨难

是的

我们感受了挫折

挫折是一所特殊的学堂

我们懂得

真善美与假恶丑

仅仅一步之遥　就差那么一点点

失去中的得到弥足珍贵

苦难中的感悟穷且益坚

于是——

我们学会了坚强

哪怕重峦叠嶂

风雨如磐与一路艰险

我们学会了勇敢

哪怕人妖颠倒

谩骂恐吓与带血的皮鞭
我们懂得了忠诚
哪怕利的诱惑
名的欺骗与肮脏的金钱

于是——
我们懂得了坚韧懂得了感恩
懂得了对土地的眷恋
懂得了高贵与卑贱
懂得了真与善
我们懂得了爱懂得了恨
懂得了人生的冷暖
懂得了世态的炎凉
懂得了关于人的哲学内涵
我们懂得了祖国　大地　人民
与我们的血肉相连
懂得了匹夫有责
懂得了我勤劳善良的父老乡亲啊
不该生活得这样凄惨
责任重于泰山

于是——
我们懂得了幸福不是毛毛雨

有为

就必须勤勉、坚韧、不断地锤炼

我们懂得了理想必须脚踩大地

人生才有可能灿烂

……

（十一）

历史的长河滚滚向前

我们用青春追忆昨天

愿青春的悲壮进入民族的记忆

愿悲壮的青春成为明天的借鉴

不屈不挠

我们无怨无悔

矢志不移

我们无悔无怨

胸怀着热望

只要心中的灯不灭

前行

我们就拥有未来

怀揣着春兰

只要远航的帆不偏

耕耘

　　我们将收获秋的璀璨

生活啊，生活告诉我们
失去了不必喋喋不休地抱怨
得到了无须浅薄、志得意满
人，必须经受得失荣辱的考验

生活啊，生活告诉我们
历史倒退的制造者终将被历史埋葬
但历史的悲剧常常需要一代人承担
不要说我们失去太多太多
我们有责任谨防悲剧的翻版
生活啊，生活告诉我们
民族的崛起需要坚韧攀缘
历史的前进需要青春做伴
让我们与祖国一起做青年
让我们与祖国以年轻共勉
我们将风雨兼程、漫道雄关
放飞青春中国的美好明天

点评

史诗，诗史，像黄河之水天上来，波涛汹涌，惊涛拍岸；像万马奔腾，波澜壮阔，惊心动魄！无论默读，还是朗诵，心仿佛被揪住，欲罢而不能，久久难以平静。没有快感，心灵却震颤而不能自控；没有伤感，心灵却流泪而不能自已。这是诗吗？如何像有人在天边倾诉，让人倾听，又让人感受到山呼谷应？这不是诗吗？却如何让人浮想联翩，让人联想到《离骚》《天问》里的诗人屈原？诗人在云脚上俯瞰，览尽那一段岁月的曲曲弯弯；诗情在绝顶上放飞，道尽一代人生的悲苦甘甜；诗心在潮头上跳跃，与那激情燃烧的青春火焰一起涅槃，又一起重生！诗人是理性的，他的心里分明揣着老百姓的杠杆；诗人又是感性的，他的诗情鼓荡在胸间，高歌仿佛井喷，万千灵感化作万千蝴蝶与落雁，宛如展开了一幕幕动漫、一轴轴画卷。诗人身在方外，指点沧桑有如指点江山；诗人心系苍生，拨开迷雾更拨开了雾霾。诗心晴朗，不让荫翳遮住了双眼；诗心浩荡，不让杂音盖过了空谷足音；诗心浪漫，不让苦难阻遏梦的呼唤。不，这不是华章，却比华章更动人心弦；哈，这就是华章，却超越了华章的格局，既显现出诗史的厚重，又挥发出哲思的芬芳。引人入胜于铿锵旋律之中，耐人寻味在荡漾诗魂之字里行间。读一遍，这是一首叙事诗；读两遍，这是一首抒情诗；读三遍，这是一首警世的当代史诗！

青春的备忘　希望　知青岁月之二

一种无法阻挠的牵挂
一种难以遏制的生长
岁月　这本薄薄的书
被我翻得很厚很厚
人生　那截短短的路
被我捋得很长很长
记挂　就是这样

总是忘不了
那盘堆满沙土的炕
笤帚一扫　黄尘飞扬
被褥一放　就是我们的床
总是忘不了
那可以看得见天的屋顶
夜半　天空那弯游弋的月亮
窗外　风扒着门
风摇着柳
风打着呼哨的喧响

冷　像蛇一样在被窝里徜徉
哦　生活就是这样
青春绽放着苦涩的芬芳

总是忘不了
天天玉米面　顿顿红高粱
肚子抗议　夜半三更咕咕作响
对了　还有愈演愈烈的
盼着天天能有白面吃的念想
看似微不足道
当时却是比登天还难的奢望
哦　记得
一顿饭曾吃过馒头一斤六两
三个小伙儿一顿曾饕餮半只羊
饥饿考验着胃肠
吃饱曾经就是理想

总是想起
寒秋里村口老屋前那抹暖阳
哥儿几个挤成一团　靠着墙
总是记着
零下二十七度的那个早晨
打井的工地　滴水成冰

朝阳像一团凝固的蛋黄
眼前哈出的气
棉帽上密集的霜
弯着腰　推着杆　拉着纤
我们将口号喊得山响
苦难　历练着坚强
生命在奋争中张扬

总在回味
临走时兜里的那把红枣
大娘说　不要忘了咱这个苦地方
总在追忆
临别时老爷爷颤抖的拐杖
一种难以言表的善良
真诚　打开了泪的天窗

沧桑的回忆常常有诗意
岁月里淘金琐碎有光芒

人生啊
铭记在心的往往是苦是涩是热是凉
当你站到生命的高处
低处的苦涩也是迷人的风光

有些经历看似平常
却能帮你清醒地把人生丈量
有些过往看似恓惶
却有价值伴你走进人生的夕阳

生命啊　有时不在短长
有质量的过往常常起伏跌宕
起得清醒　跌得沮丧
伏得坚韧　宕得激扬
是财富　是营养
是咀嚼生命的食粮
哦　有价值的人生不必是精美的华章
生命　在于希望！
　　人生　需要守望！

点评

“追怀”之后，紧随“希望”，这首诗好就好在给人一种崭新的视角，使人不在怨嗔中堕入深渊，而在反思中占据高度。毕竟是经历了寒冬之后，终于闻到了春天的气息，终于踏上了解冻的土地，终于看到了花开，看到了希望。诗心不仅仅是浪漫，更是人生既往的过滤与豁达。人生也罢，岁月也罢，已经这样，便只能这样；不能改变，便只能转向。记忆里若尽是苦难，那回味无异于自戕；唤起记忆的甘甜，在诗意里回味余韵，更能感受到人在旅途的真相。“往者不可谏，来者犹可追。”诚哉斯言！

青春的备忘　生命　知青岁月之三

我已两鬓飘霜
我已白发苍苍
检点走过的路
审视生命的过往
将视点停留在人生最值得记忆的土地上
大漠　老乡
　　小河　村庄
回望苦难中的跋涉
梳理跋涉中的思想
捕捉那些属于生命的和与生命有关的光芒

我回望
曾经贫瘠的大漠
一望无际　沙的流
奔腾不羁　黄的浪
荒沙中骆驼的昂首
狂风里红柳的倔强

沙和尚在烫脚的沙土中穿行
麻雀在枯树枝头逆风高翔
沙蒿蒿在焦渴的土地里扎根
苦菜花在干热风中怒放

荒凉的生灵
生灵的守望
守望的顽强
哦　生命就是这样
生生不息
　　就是一道绝美的风光
这风光给我生命启蒙的力量

我回望
大漠中的人
黑风阵阵　天地苍茫
满身的土　满脸的黄
满嘴的沙子　泛着泥香
只有眼睛和牙齿的运动
告诉我　人还有着人的模样
不抱怨　捂着头　眯着眼
　　耕耙耱犁像牛一样
不叹息　躬着腰　蜷着背

　　人拉肩扛信马由缰
用孱弱的肩挑起我要活着的信仰

严酷锻造着生命
生命在严酷中激扬
雾霾里飞扬着达观的笑声
信天游随着风沙流淌
哦　风雨中的辉煌
　　沙尘里的昂扬
如诗　如画　如歌　如酒
坚定　坚毅　坚韧　坚刚
它成为生命的因子
伴我走遍人生的每一个地方

我回望
衣衫褴褛的大娘
在灯下给我们缝补衣裳
我回望
饥饿线上挣扎的乡亲
送来了村里最奢侈的口粮
尽管是玉米面
　　尽管是红高粱

苦难不垂青哀怨
苦难不待见空想
奋争　我们在为吃饱奔忙
我知道这就是生活
这就是百姓原本的模样
他们是大地的脊梁
祖祖辈辈
默默无闻
地老天荒
终于
　　我明白我就是百姓
终于
　　我知道我也是脊梁

噢　岁月让我充实
　　现实让我感伤
我苦恼
今天的生活如此丰裕
却有那么多贪婪与哀伤
我纳闷
今天的生活如此斑斓
人们却有那么多非分之想
我不解

今天的世界如此开放
许多人却看不见自己的家乡
常常向往别人家中的月亮
我困惑
平时有那么多频繁的交往
却常常孤独　常常孤芳自赏
人　应该把灵魂安放在什么地方

也许我是九斤老太式的担忧
也许我是杞人忧天式的臆想
人活着总应该干净乐观向上
人应该活出属于自己的芬芳
也许是人到暮年的胡思乱想
也许是夕阳西下的东张西望
还是回归大地吧
做一个母亲的好儿郎

哦　往事已成沧桑
　　生命邀我回望
为什么我的心中饱含着热望
因为我的身边还有那么多善良
为什么我不敢有丝毫虚妄
因为我的周围还有那么多期待的目光

为什么我依然坚守着理想
因为每天都有一轮新的太阳

我已两鬓飘霜
我已白发苍苍
噢
我乐观　我柔韧
我知足　我坚强

点评

与其说这是诗，毋宁说这是生命的底色；与其说这是歌，毋宁说这是生命的强音。铿锵里跳动着诗人的心，歌吟中闪烁着思想的光辉。诗人是过来人，他经历了那样的岁月，也见证了人世的沧桑，他用自己睿智的思想撩开了迷雾，他用自己锐利的目光穿透了云层，他用自己的诗歌还原了曾经岁月的真相。能读懂这首诗，就能读懂人从何处来，人到何处去，人在来去的路上迷失的不仅仅是方向，还包括自我；人生旅途，不仅仅是荒漠、荒凉，还有生命的河床、自然的风光；沿途不仅仅是哀鸿声声，还有马蹄嘚嘚，还有空谷足音。这首诗让我想起了一句话："物竞天择，适者生存。"

青春的备忘　故乡　知青岁月之四

一

静静地你看着我
故乡，我轻轻地说

摸摸村口的那株老槐树
想起青春的生涩
看看一望无际的青纱帐
想起曾经无法无天的蓬勃

咬一口久违的山药蛋
捡回无助的饥饿
吸一口大漠久违的风
回味他乡异客的孤寂与苦中的乐

抽一口辣辣的旱烟袋
想起夜读油灯疲惫的灯火
喝一口凛冽的清泉水

目送昨天走来的河

树依然高耸
河依旧清澈
人依然纯粹
心仍然辽阔

回望往往有凄楚
心底每每有心得
酸甜苦辣是音符
岁月已成无字的歌

采一缕白云
作心花一朵
捋一把乡愁
不再抱怨生活

故乡，我轻轻地说
你默默地看着我……

二
你说：来了，来了！
我说：来了，来了！

你说：老了，老了！

我说：老了，三十五年了，都老了！

你说：变了，变了！

我说：变了，路也找不着了，都变了！

你说：日子好了，好了！

我说：好了，真好了？好了，就好了！

你说：喝了，当年咱没酒，都喝了！

我说：喝了，喝了，都喝了！

你说：醉了，醉了，快醉了！

我说：醉了，醉了，都醉了！

你说：身体罢了，罢了

我说：保重，保重，不能罢了！

你说：走了，走了。不走了？！

我说：走了，走了。心，不走了……

点评

《青春的备忘》，一组四首，一咏四叹，这第四声叹，给人最强烈的感受是俩字：沧桑！诗，是青春的翅膀，一边咏唱，一边翱翔，一边回望。时光在诗里倒流，青春在诗里回旋，生命在诗里落地生根，开花结果。这首诗把我们终于带回到了知青岁月的故土，却让我们感受到了岁月流逝的急促，感受到了人在旅途的匆忙，感受到了人世沧桑的恓惶。离去的时候可能如释重负，回归的时候却有了流连忘返的理由。故乡在每个人的心头，那是诗，也是愁！故乡，是知情岁月的邮戳，像这首诗一样盖在每一个下乡知青的心上。

大爱无垠①

青海湖的红嘴鸥来了
吟诵着：熊宁、熊宁……
玉树州的布谷鸟来了
鸣叫着：永恒、永恒……

没有惊天动地
一切都很普通
一个女孩儿用自己的善良
感动了一座古城

---

①熊宁，女，1978 年 8 月 24 日生，陕西省西安市人，热心公益。在自愿赴青海省玉树救助雪灾群众时，于 2008 年 3 月 10 日不幸遭遇车祸身亡，被誉为“西安最美的女孩”。熊宁先后被追授陕西省优秀青年志愿者、青海省优秀青年志愿者、中国杰出青年志愿者，荣获“中国青年五四奖章”“全国三八红旗手”称号，入选 2009 年全国道德模范。

不是大智大勇
一切都很淡定
一个青年用自己的生命
让两个民族为之动容
将温暖送给最需要暖的孩子
尽管自己并不是富翁
把温情送给最需要情的贫穷
尽管自己常有着无助的困窘

的确普通
只做了任何一个有爱的人
　　都能做的事情
用自己孱弱的肩挑起救孤的梦
执着，担当得辛劳但却平静

的确淡定
要不是发生意外
你所追求的爱
　　还将延续着默默无闻
用含笑的热抚慰孤苦伶仃
真诚，付出得平凡但却恢宏

谁说今天只剩下了金钱的冰冷

你用滚烫的心诠释了爱的永恒
谁说今天只有世俗的冲动
你给冰雪的世界送去美丽的火种

唐古拉的雪水冻了又化了
　　折射着一个柔美的身影
钟楼的钟声停了又响了
　　传扬着一个悠悠的英灵

青海湖的红嘴鸥来了
吟诵着：大爱无垠、无垠……
玉树州的布谷鸟来了
鸣叫着：永恒、永恒……

点评

熊宁是古城西安的女孩，她把自己的生命献给了青海玉树的那次雪崩。这首诗像熊宁一样美，美就美在诗的解读最贴近熊宁！熊宁很普通，普通得生前并不被人感知——就像不被感知的空气一样；熊宁很伟大，伟大得死后才令天地为之动容——就像阳光在冬天那般温暖，就像月光在黑夜里那般皎洁，就像梅花在冰天雪地里那般鲜艳。诗心被熊宁感动，所以吟出了惊天地、泣鬼神的诗句；诗心还原了熊宁，所以唱出了一座古城对熊宁无限的哀痛和难言的真情。熊宁会一直活着，活在这首诗里，与诗一起流芳人间。

拉着你的手

拉着你的手
跟着红星走
满怀热望铁马冰河
随你竞风流

拉着你的手
跟着希望走
山高水长风疏雨骤
伴你写春秋

拉着你的手
追着太阳走
无怨无悔云卷云舒
陪你书锦绣

拉着你的手
朝着明天走
心无旁骛长歌劲舞
与你共回首

点评

青春之歌，浪漫之咏，伴随时代节奏，携带情感音符，迈开人生脚步，开启梦想之旅——这首诗给我的心灵感动便是如此。节奏并不急促，音符并不招摇，脚步却踏实了土地，足迹必将伸向诗意的远方……

思念是条河

思念是条河
漂着你和我
牵挂是涓涓不息的流
祝福在默默地诉说

思念是条河
你曾牵着我
美好是翻飞奔涌的浪
遥望是粼粼的波

思念是条河
只有你和我
柔情是浪里激扬的神
回首是不息的歌

啊　思念是条河
思念是条河

一条不息的河

点评

人生天地间，怎能没有思念呢？每个人都有一条思念的河流，就像这首诗，带着回味，带着畅想，更带着惆怅。走过一段情感的谷地，就会留下一条思念的小溪；同乘一艘旅行的轻舟，就会留下一串甜蜜的故事。或许顺流而行，思念的河流才会开阔而任由抒情。

醉人的风景在哪里

一

常常一味地追求远方
却忽视追寻中经过的风光
当你真正走到人生的远方
却发现醉人的风景在路上

二

满怀爱的渴望
因为年轻却爱错了地方
当爱真的来临的时候
已没了爱的权利
因爱已遍体鳞伤
年轻人啊　爱要慎重
爱　就爱得有模有样

三

年轻时常因微不足道的成绩

不知深浅地趾高气扬

当有了人生足够的积累
却为曾经的浅薄而忏悔地思想

四
青春是人生的一笔财富
当你把青春当资本挥霍时
青春就失去了原本的模样
青春是一首流韵的诗
诗应该有属于诗的光芒

五
不要患得患失于一城一池
今天的得有可能是明天的失
人生就是得与失之间的权衡
失去的得到让我珍惜
得到的失去让我清醒

六
昨天我开车上山
登高却陷入雾的迷惘
烟消云散的时候

我恍然发现我已在天上

七

秋红的时候

常常为红叶感伤

秋尽的时候

常常羡慕铅华洗尽的力量

点评

人生的哲理尽在诗人婉转而意味深长的诗句里。这不仅仅是诗的忠告，更是诗意人生的哲思反哺；这不仅仅是心灵鸡汤，更是诗心感悟人世的真知灼见；这不仅仅是过来人的“蓦然回首”，更是诗情化解梦想的“终南捷径”。这是人生真相，能读懂就能少走弯路；这是人生真谛，能悟透就能避免坎坷；这是人生真经，每一句话都能写一部书。

风从千年来

02 山高水长

烂漫 云水谣

水是天上的水
天是水中的天
天水的交融
就有了这不同凡响的烂漫

草是水中的草
蓝是天上的蓝
不经意的组合
就有了会思想的草的期盼

点评

所谓诗如画，画如诗，也只能如此这般了！仿佛巨笔勾描，大画便扑眼而来。诗如大翮开合，扶摇直上云端，美哉！

土楼、纽扣和酒

一

散落在大山中的
一枚枚驳蚀了的纽扣
系着奶奶飘飘的长襟
掖着爷爷褪色的烟斗

青衣芒鞋　廊腰缦回
青烟袅袅　笛声悠悠
生活的酸甜苦辣
还有不知疲倦地奔走

这土做的楼
遮风挡雨防火防偷
似进迷宫
体味机智　寻觅风流

哦　这驳蚀了的纽扣
我用心丈量你的薄厚

二
深藏在大地褶皱里的
一坛坛陈年的老酒
和群山对酌
微醺着山　醺歪了柳

走到里头　懵了
天是圆的　没有尽头
爬到顶上　乐了
地是圆的　天在回眸

走到外边
村姑绿树　斗笠清流
站到山上
四菜一汤　天长地久

哦　这坛老了的酒
我有了回家的感受

点评

仿佛一曲历史的回声划破长空的黎明，让人在豁然开朗中从睡梦里惊醒。土楼、纽扣和酒，与其说是此诗的元素，毋宁说是历史的血肉，是作者旅行中惊鸿一瞥之后的抒情式回眸。一步三回头，我们的祖先并没有走远；一咏三惊叹，让我们回味了祖国的历史悠久！

大理的“理”

岁末　樱花怒放
在流韵的蓝天下撒欢
溢彩的街啊
带我提前抚摸春的盎然

樱花说　不要停在流连忘返
身处春天不一定拥有春天
寻春的人啊
内心也可能荒芜一片

道理其实简单
最美的春天应该在心间
这是我在大理感觉的“理”
简　又不简单

哦
心中永远有春天

挺难

但要有期盼……

点评

这个“理”，就如同“春”一样，本来就在每个人的心房里，却被自己锁住了。执于一念，便是自投罗网，奈何。读此诗后，愿读者能自己解套。知书达理，怎如“读诗达理”更直截了当呢？

壶口　在你面前

在你面前　我肃然
地动山摇　硝烟弥漫
一种风卷残云的傲岸
一群怒吼的雄狮恣肆咆哮
一座流动的长城遥挂前川
哦　撼人心魄
这是中国的呐喊

在你面前　我流连
浊浪排空　一往无前
一种刚柔相济的浩瀚
朝阳的胭脂轻抚倔强的汹涌
夕阳的火热将舞动的龙头点燃
哦　江山无限
这是炎黄的容颜

在你面前　我庄严

摧枯拉朽　威武不屈
一种面对苦难的浪漫
九十九道弯上的追寻
生生不息大河东去的凛然
哦　上善若水
这是天地的咏叹

壶口
不仅是景和观
还有关于天地　关于江山
关于生命的箴言

点评

并非唐诗宋词，却有唐诗李白的浪漫夸张，又有宋词苏轼的豪迈抒怀，面对壶口瀑布，诗情与浪涛扑面而来，诗意与浪花激射喷溅。与其说壶口瀑布汹涌，毋宁说诗人心怀澎湃。但凡身临壶口者，谁能无动于衷呢？但几人能诉说波澜而诗如潮涌呢？此诗把壶口壮阔的画面如画轴般舒展开来，让人眼热，让人心醉，让人生发出对天地大手笔的顶礼膜拜！

雁塔听风

蹲在大雁塔的塔尖上听风
能听见玄奘译经的笔声
月色如水　摇摇欲坠
魂迫九天　守望众生

坐在慈恩寺的飞檐上听经
能听见大漠驮经的驼铃
晾晒的经典　跨越了时空
千年的足音　千古的叮咚

人潮涌动　酒绿灯红
我从回望中蓦然惊醒
玄奘淡定：阿弥陀佛
哦　世界骚动　吾心安静

点评

诗心浪漫，诗情荡漾，诗意盎然，诗才能生出翅膀，飞出心空，跨越时空，使亘古仿佛当下，使当下宛如亘古。千古历史的蓦然回眸，怎能无动于衷？眼前幻境的冷眼关照，焉能不怅然若失？时空转换，自然咏叹；人心不古，欲言又止。

在高原　歌

在高原
把信天游撕成碎片撒向蓝天
一种苍凉
一种辽远
一种奋飞的壮阔
一种苦涩的浪漫
长天悠扬着曾经的峥嵘
群山回荡着豪放的达观
歌拉着犁剖问大地
犁带着歌叩击长天
呵呵
吆牛的汉子
人间的神仙

点评

去陕北，听不到信天游，等于没到陕北。诗人听到了吗？却至少是想到了！怎么就想到撕碎信天游呢？伴随着诗的节奏，一刹那间，我和诗人一样产生了幻觉：仿佛高原之上，蓝天之下，片片白云如万千飞絮，自由歌舞，那就是“信天游”吗？诗人太浪漫了！他的肚子里必装满了信天游，他的思潮里翻滚着信天游！不，他自己就是信天游，或者他正在信天游！长天高歌，厚土展吼，树木花草都在迎合山呼谷应！不去陕北，信天游的天扑面而来！这是陕北的歌，也是薛保勤的歌！两个字：美啊！

在高原　老农

刀刻的皱纹将苦涩绽放

酸楚的花也有着独特的芬芳

要不

咋有信天游一望无际的豪壮

要不

咋有说书人悲欢离合的激扬

苦难锻造着生命的顽强

生命昭示着苦难的辉煌

要不

咋有“却道天凉好个秋”的安详

要不

咋有曾经沧海的包容与善良

点评

这是在用诗歌“雕塑”陕北老农呢！伴随着抑扬顿挫的高歌长吟，一个地道的陕北老农踏歌而来，逼真得不似雕塑，胜似雕塑，就是雕塑！我看过画家笔下的陕北老农，虽然不失酷肖，却感觉不到思想的深沉厚重；我读过作家笔下的陕北老农，虽然不失质朴，却触摸不到灵魂深处的柔软与刚正。我用雕塑形容薛保勤的这首诗，是因为我感受到了这首诗的旋律底蕴里包藏着丰富的中华文化元素。这首诗至少给了我这样的启示：没有这样的老农，就不会有陕北，更不会有新中国！

钓雪

山　一夜间白了头
何忧
不是瑞雪兆丰年吗
蓑笠翁钓何愁

孤舟已千年
蓑笠翁亦千秋
愁　山之常青
忧　水之清流

哦　我在钓雪
愁？不愁！
不愁！愁？
钓一个雪后初霁
愿者上钩的山明水秀

点评

这首诗使人很自然联想到柳宗元的《江雪》。柳宗元以“蓑笠翁”自拟，看似“独钓”的是“寒江雪”，实则“独钓”的是自己的失意、彷徨与孤独；薛保勤与柳宗元不同，他是以“蓑笠翁”的口吻，“独钓”的是一千年后的“忧”和“愁”。“江雪”依旧，“钓”心却依旧，当代“蓑笠翁”“钓”的却不是“忧”，也不是“愁”，而是“雪后初霁”，“上钩”的自然是“山明水秀”！诗境豁然，诗意悠然，诗情昭然，让人欣然就显得自然而然。

早春·龙井

柳丝飞　梅含芳
水映俏佳娘
碧玉和风送诗来
品读色味香

青芽青　虎跑香
茶水秀琼浆
东坡往返几欲醉
望我坐禅房

乾隆碑　韵悠长
借茶话沧桑
指点江山悟人生
无常亦有常

众好友　觅群芳
谷幽晓风爽

品茗四顾多灵动

小坐沐暖阳

点评

像新词老画，在轻快、清雅的旋律伴奏中徐徐舒展、抒情，绘声绘色里听得见旷古足音，看得见人物风流，感觉得来花鸟脱俗。柳丝是思，梅花是媒，碧波碧玉，佳娘佳酿，古人今人，无常有常——这一系列富含诗情画意的元素雅集一处，宛如一串串依附物我化境的音符妙合，既古色古香，又亦幻亦真，使人生发多少奇思妙想！诗心钟情，万物都寄生情愫，何况千古一饮、龙井佳茗呢？一曲《龙井》，道不尽人世沧桑，却道出人生无限的风景与风情。

一夜千年　丽江印象

水　悠闲着　在古城散漫
灯　通红着　在夜空璀璨
水　摇曳着　岸上的霓虹
岸　充盈着　水色的流盼
丽江的古街哟
一个晚上我们走了千年

我丈量着古城的千年
这一步是唐
　　唐时斑驳的石板
那一步是宋
　　宋朝残留的门槛
下一步是元
　　“小桥　流水　人家……”的门脸儿

我检点着古城的千年
　　流韵的纳西古乐

　　绕城千年　余音绵延
茶马古道的客栈
　　犹闻繁华　犹觉茶暖
　　“古道、西风、瘦马……”
　　远行问天　虽嫌凄清
　　却成绝唱　蔚为壮观
水　悠闲着　携着雪山的凛冽
灯　通红着　点化着沧桑的铺面
啊　那个小城
一夜　我走了千年

点评

“一夜，我走了千年！”不，这不仅仅是诗情铿锵的豪迈；不，这不仅仅是诗意盎然的豪放；不，这不仅仅是诗风昂扬的豪气。诗心在丽江放飞，与唐诗、宋词、元曲节奏契合、旋律合拍，透着古风、古韵，又携着时尚风流。能想象诗人舟行丽江上，漫步古街头，那种鼓荡心池的诗情画意与率性而歌的不由自主，于咏叹中淋漓尽致！

喜欢草原

喜欢草原
喜欢一望无际的暮色
暮色里点点灯火　霭霭炊烟

喜欢草原
喜欢奔腾不羁的马群
马蹄荡起的狼烟
还有那根潇洒的套马杆

喜欢草原
喜欢悠悠长笛　巍巍长天
　　浩浩长风　啸啸长鞭

喜欢草原
喜欢绿的青波　黄的璀璨
　　白的遥远　光的斑斓

喜欢草原
喜欢歌的悠扬　韵的蜿蜒
　　舞的神韵　情的柔绵
长调凄切　柔婉　苍凉　辽远

喜欢草原
喜欢汉子们迎接苦难的达观
用心和你干杯的酒热耳酣

喜欢草原
喜欢马头琴的潺潺流水
　　长河蜿蜒　万马奔腾　气象万千

喜欢草原
不仅是
春的烂漫　夏的火热
　　秋的丰硕　冬的浩瀚

喜欢草原　喜欢
意随天地走
心被牛羊牵……

点评

哈，诗人就像一个多情的草原姑娘，浪漫里没有世外红尘的羁绊，憧憬里没有功利算计的设防。怪哉！吟诵这首诗时，脑际总浮现一首唐诗所呈现的画面：“鹅，鹅，鹅，曲项向天歌。白毛浮绿水，红掌拨清波。”诗人的《喜欢草原》，真像“曲项向天歌”，就那么吟唱，就那么咏叹，直抒胸臆，直奔主题，就是个喜欢！诗人的一咏一叹里，让人不免心生伤感：他的“喜欢”，并非遥不可及，却怎么恍若隔世呢？当然，当然，因为这伤感，诗人的“喜欢”未必是所有人的“喜欢”。草原，已被现代文明吞噬了魂魄，那样的“喜欢”，只有到诗里去领略、去感受、去吟哦了！

草原 · 寻找……

到草原　寻找生命　以及
与生命相关的浪漫

到草原找神
找大漠里那缕孤烟
沿着孤烟扶摇直上
端详销魂的绵延

到草原找梦
寻长河那轮落日的圆
贴着余晖的轮廓画圈
拥抱火红酿就的那个环

到草原找美
捋着山羊的胡子巡山
走进天尽头的那个房间
晚上

打开窗户和月亮聊天

到草原找缘
找那根喝醉了的套马杆
摇曳着豪放　舞动着达观
马背上与汉子酒热耳酣

到草原找情
拉着姑娘的手　问天
篝火映着两张通红的脸
星星笑了　美在考验

到草原找爱
听母亲呼儿将出醉人的呐喊
声音淌着绿　绿里渗着软
蒙古包前　小狗在撒欢

哦
生在人间　常常枉在人间
生命有时变得庸俗不堪
到草原　干净　恬淡
远离喧嚣　检点生命　美好人间

点评

像童话一般天真，像神话一般美丽；似乎遥远，似乎就在眼前；诗之曼妙、委婉、旋律，如鹰击蓝天长空，如云走层峦叠嶂，如水行深谷幽峡，如裙旋绿地花田，婀娜多姿于跳跃、腾挪、变幻之中，曲尽想象、浪漫、渴望，让人在吟诵、咏叹、回嚼中感受到世外桃源般的惬意、舒畅、顺心。把诗写得如画卷般舒展、收放，让人对方块汉字神奇的排列组合不能不产生音符般的好奇与敬爱！

追风　新疆阿克苏托木尔峰大峡谷写意

1

岩石　是炙烤过的
荒漠　是燃烧过的
平行　穿越　时光似乎是静止的
只有天空　是等待点燃的

2

心动不易
为你怦然心动
不仅是色彩
还有这鬼斧神工
我在追赶
飘飘欲仙　若风
我在追梦久远的　曾经……

3

是岁月的峥嵘
是日子的火红
朗朗乾坤
一群无法无天的生灵
解放思想　生生不息
在这里得到了印证

4

一种铺天盖地的宏阔
这是自然的杰作
不要自命不凡
你只是其中渺小的一个
善待自然

天　在看着你和我
否则……

5
灵感　来自不拘一格
人造的思想
只配装点温室的生活
走进自然
你会明白什么叫浅薄

6
在枣红色的空气中穿行
人们在急急忙忙地留影
爬高上下　摆拍　作秀
却忽视这大自然年轮的功能
聪明的你啊
愚蠢　只将奇迹当作背景
“大才”被无知“小用”

7
是亿万年前的岩浆
是亿万年的造型
岩浆上还长着草

它告诉我什么叫生命

凝固灼热的苦痛

似乎是一种解释过的人生

8

是地球的年轮

是岩石的曾经

噢　地球也曾汗流浃背

艰难地前行
今天的人啊
巡山问水不仅仅是玩
是否也有使命
那样是否过于沉重
重　还是不重?

9

五彩缤纷
来自曾经的地裂山崩
野蛮的成长
有风雨的彩虹
地壳的律动告诉我
运动孕育生动
苦难孕育生命

点评

“运动孕育生动，苦难孕育生命。”真个妙句！不身临其境，如何能有这样的诗性感悟？富含哲理，直抵真谛！哲思遇见了造化之神奇，神性才迸发了这样的灵感之火焰；豪情蒙受了这样庄严的自然之洗礼，诗人才吟哦出了这样的铿锵之旋律。似单骑驰骋般的空谷足音，似天马行空般的风雷震荡，使人朗读时灵魂骤然间被凌空拽起，随驾腾云，极尽抒情之豪迈与歌吟之浩气。这首诗有“黄河之水天上来”的如虹气势，令人回味未及，已回肠荡气。

草原的风

草原的风
草原的歌
草原的骏马
草原的河
草原的风儿携着歌
草原的骏马蹚过了河

草原的雨
草原的波
草原的牛羊
草原的坡
草原的小雨润碧波
草原的牛羊爬满坡

草原的云

草原的火

马背的民族

豪迈的传说

草原的流云燃起了火

马蹄声声续传说

点评

诗人的心，诗人的眼，诗人的笔下，句子家常话，美如儿童画。抱有天地心，脱口而出的，那不是诗，就是诗！自然天成就，美景一口收！

草原情思……

1

抚摸你我懂得什么叫温暖
观摩你我理解什么是灿烂
依偎你我顿悟什么叫博大
丈量你我明白什么是浩瀚
走吧　走吧……
心依然在留恋
尽管分手是必然

2

不说再见
因为还有明天
王顾左右而言他
谁让我们有缘
只要心不荒凉
只要神不沦陷
未来就有重逢的暖

3

带着温暖分手
这是情谊的圆满
揣着牵挂离开
不说再见
只要心有期盼
信马由缰走天涯
在晨风中际会
在细雨中谋面

4

离别　没有表白的渲染
大丈夫的字典里没有思念
润物无声的关照
深刻得难以言传
分手时拥抱
心与心祝福
相顾着无言

5

草　喧哗着
流动着肤浅
山　默默地

呵护着草原
肤浅的张牙舞爪
深刻的大爱不言
这世界需要深刻
有时不妨来点肤浅
不过　我还是心仪
沉默铸就的伟岸

点评

美啊！这不像是诗在心灵上流动、吟唱，倒像是天鹅在草原上盘旋舞美，倒像是情侣在白云边上牵手歌心，倒像“天苍苍，野茫茫，风吹草低见牛羊”的千古画轴在向人世间徐徐展开。读这样的诗，感觉就像冬日的阳光抚摸洁白的肌肤，就像夏日的清流抚摸圆润的脚丫，就像春日的香风抚摸绽放的花朵，句句含露，带着甘露，牵着梦幻。比兴、拟人，一语双关，诗情在画意里发酵，画面从诗句里跳跃，豪迈如草原走鹰，走心如白云吻月，美得自然天成，就像天地泼墨，才有了世外山水；月宫演奏，才有了人间妙音。大美华章，可以天喉高唱！

井冈抒怀

井冈竹
绣群峰
劲节显恢宏
百里碧涛连天起
燎原之火赖工农
朱毛舞大风

井冈松
云霄中
铁骨傲苍穹
腥风血雨立潮头
金戈铁马炮声隆
大任伴忠诚

井冈云
几多情
凄切埋心中

娇妻送郎上战场
慈母痛别儿远征
无情胜有情

井冈碑
祭英灵
四万未了情
胸怀大众忘生死
献身主义照汗青
漫山杜鹃红

井冈月
率群星
朗朗览长空
抚今追昔民为本
先贤创业我守成
和谐奔大同

点评

滚烫的心，滚烫的情；滚烫的词，滚烫的歌。天地抒豪情，圣地显神灵。或读，或颂，或歌，此词铿锵，节奏天成，句句峥嵘，好似战地擂鼓，使人热血沸腾！我很自然地联系到了毛泽东的词句："战地黄花分外香！"

茨坪题照

（一）

一张老兵和小兵的照片
一幅尘封已久的画面
尚有秋收起义的余温
犹闻围追堵截的硝烟
小兵说：首长很酷
你有南昌起义的威武
你有弹尽粮绝的乐观
老兵说：小鬼　很甜
你有朱毛小道的熏染
还有走投无路的历练
照片已经模糊
历史归于平淡
却承载着——
曾经的“酷”，久远的“甜”

（二）

一张中年与少年的照片
一幅久违了的红色经典
衣衫褴褛但透着向上
瘦骨嶙峋却英气冲天
少年说：真好！在你身边
虽然一无所有
但我有了信念
微微的笑容中有座巍峨的碑
细细的皱褶里有名利的恬淡
中年说：真好！与你为伴
虽已日近西山
但我们的事业有明天
为了主义　奋斗的路会走得很远
打磨的人生定会色彩斑斓
照片虽然已经发黄
精神却定格在永远

点评

说得真好：“照片虽然已经发黄，精神却定格在永远。”只此两句，那已不是照片，而是流芳百世的功德丰碑，上边镌刻了这首诗。这是天之吟哦，这是地之歌唱，这是一颗诗心发自肺腑的感怀、感恩和感念。我想起了列宁的话：“忘记过去，就意味着背叛。”诚哉斯言！

走进延安

走进延安
　　带着久违的期盼
再听听苍凉的信天游
再看看奔放的山丹丹

走进延安
　　带着对红的眷恋
看一眼杨家岭的五角星
吃一口老房东的小米饭

走进延安
　　带着对奋斗的感念
握一握南泥湾的老镢头
刨几颗香喷喷的山药蛋

走进延安
　　带着鱼水情深的甘甜

摸一摸那块人民救星的匾
重温为人民服务的庄严

走进延安
我知道
群众是本
乡亲是船
百姓是地
民心是天

走进延安
我明白
成功的背后
有邻家老汉送的军粮
有房东大婶纳的鞋垫
还有手推车、小米饭
信天游、山丹丹……

走进延安
我清醒
忘记过去就意味着背叛
谁忘记了曾经
曾经就会让他加倍偿还

守甜理应思苦

饮水更当思源……

点评

诗人“走进延安”，自然心潮澎湃。那曾经是一片热土，孕育了一段神奇；那曾经是一片青天，唱响了一代人的青春诗篇。读这首诗，那节奏好似曾经的岁月，那诗句好似历史的回声，那余音好似“山丹丹开花红艳艳”的旋律。人同此心，心同此诗，抚今追远，史为今鉴！吃水不忘打井人，感恩，才解得井水的甘甜。

三沙 祖国和她的士兵

大海深处
一双守望的眼睛
波涛汹涌
一种孤独的忠诚

烈日四十二度的灼烤
战士 目光炯炯
汗水浸透了泛白的军装
黑红的脸庞溪流纵横

似雕像 纹丝不动
如鹰隼 将目标搜寻
海鸥是祥和 海燕如精灵
海龟是恬静 鲨鱼是顽凶

我说："照张相吧"
你摇头，汗珠在鼻尖晃动：

“不行，下岗了，才能合影”
坚毅　真诚　憨实　威猛

面对青春，我鞠躬：
“孤独的守望　向你致敬”
你说：“守护，家才完整
孤独，但我光荣”

哦，孤独的光荣
祖国神圣
哨所神圣
哨兵神圣
这　就是祖国和她的士兵

点评

何处觅英雄？大海赋新词！读这首诗，心像海涛一样波澜壮阔，又像海鹰一样傲视苍穹！天地之大，谁解得一个海上卫士的巍然屹立？对我们来说，他就是山，能阻止狂澜；他就是景，配得上最美的天！在他面前，谁也别炫耀自己的勇敢和奉献！拥有他们，我们才拥有祥和，拥有从容，拥有明天！

秦岭　我和小鸟的对话

你在枝头雀跃：
“来了　来了”　欢天喜地
我从山脚攀爬：
“啊哈　来了　来了”　气喘吁吁

你在空中翱翔：
“欢迎　欢迎”　芳草碧碧
我在山间奋力：
“谢谢　谢谢”　大汗淋漓

我在峰头览胜：
“绿了　绿了”　忘形得意
你在身旁缭绕：
“美了　美了”　翻飞嬉戏

我在花海里流连：
“开了　开了”　魂在彩中游弋

你在花苞间调皮：
“醉了　醉了”　得意得意

我在山间盘旋：
“堵了　堵了”　万分焦急
你在路旁同情：
“乱了　乱了”　为我焦虑

我在农家小聚：
“美味　美味”　乐此不疲
你在河道旁哭泣：
“脏了　脏了”　盯着垃圾

我在树下腾云：
“神仙　神仙”　飘然欲起
你在耳畔喳喳
“灭了　灭了”　悲在心里

小鸟在流泪：
我的家也是你的家
爱护家就是保护你
你咋就不知珍惜自己
我找谁去讲理？！

点评

读这首诗，能读出诗人的良苦用心。与鸟儿的对白，虽蜻蜓点水，却水面留痕；虽柔声细语，却振聋发聩！一种美意，在诗行里传递；一种真意，让读者回味。秦岭是鸟儿，是诗人的，是每个人的，爱她，应该就像爱我们自己的眼睛、容颜和肺腑！

江中的乌篷

大江东去
　　江中一叶乌篷
艄公独秀
　　领一江神韵
　　摇浩浩江风
脚踩浪涛
　　头顶苍穹
携两岸群山
　　如领百万兵
单薄　却举重若轻
孤独　将天地包容

东方熹微
　　夜空一颗启明
　　独秀长空
给暗夜希望
　　为理想点灯

心怀着憧憬

守望着光明

黑暗的日子留一份清醒

守望的日子为坚强送行

点评

诗人多情，所到之处，都会怦然心动；诗人睿智，目光所及，都会触类旁通。“江中的乌篷”，有如诗人心中的歌咏：“黑暗的日子留一份清醒，守望的日子为坚强送行。”读此诗也，感觉诗人正在用诗的“乌篷”，度人海中游弋的魂灵。

嘉陵江随想

曾经
一江萧瑟弥漫着愁
曾经
一江风华飞扬着不尽的风流
腥风血雨的中国
走到了十字路口

歌乐山
光荣与梦想
卑鄙与阴谋
正义与邪恶
在这里厮杀　交手
白公馆
光明被黑暗凌辱
凌空的鞭子激起忠魂的怒吼
渣滓洞
高尚被龌龊玩弄

罪恶的竹签无奈高贵的头
主义在烈火中永生
生命在杀戮中蓬勃　孜孜以求
叛徒偷生了
乞求所谓的荣华　所谓的富有
却沦为小丑
被江河唾弃
被大山诅咒
高贵者夭折了
可能被下流封喉
但却神风神韵神采依旧
江姐坚韧
用孱弱的肩挑起大义
陈然坚强
用大笑和脚镣续写春秋
许云峰坚定
用淡定走到生命的尽头……

历史已经翻过很久很久
大山这样呼喊
江河这样倾诉
一个人如果没有了精神
就如同行尸走肉

一个人如果只有物欲的追求
那就只配做金钱的走狗
纸醉金迷的满足是可悲
弹冠相庆的欢乐是可怜
声色犬马的炫耀是卑微的作秀
精神高贵
人生才可能风流
生命雍容
世界才可能风流

点评

江上随想，心中吟唱；感念英魂，歌咏芬芳。诗心譬如照妖镜，美丑各自现原形。岁月尘封，掩盖不住丑恶，更掩盖不住高贵的灵魂与真正的风流。为自己活着，只能是活着，就像江上浪花；为信仰活着，就像江上波涛，别是一种风景，别是一种风情，别是一种风采、风韵、风骨……

红叶，你好！

带着秋的丰硕
与大地共同狂热
携着生的执着
让群峰升腾起蓬勃

当一簇簇光把群峰点燃
满目的飞红昭示着鲜艳的磊落
于是“红叶，你好！”我说

带着久违而梦幻的亮色
世界因你而鲜活
送给世间飘零前精彩的一搏
这辉煌洋溢着顽强的品格

当漫天的叶扶摇直上
我们便有了大山巍峨的斑斓与宏阔
于是“红叶，你好！”我对你说

伴着朝霞而起
峡谷间奔腾着流韵的曙色
随着夕阳而落
暮色里涌动着一团团暗火

用红回望曾有的青春
用艳呼唤明天的绿波
于是“红叶，你好！”我对你说

点评

忽然感觉诗人就像庄周梦里的蝴蝶，翩跹起舞，人间神游，穿越时空，高山不碍白云飞，因为心在更高层！诗恰是他的翅膀，使他在诗行里任意翻飞，使他在诗句里尽情翱翔。面对满山红叶，他看见的是山的蓬勃、峰的巍峨，他欣赏的是红的磊落、梦的亮色！透过红叶，他的诗里没有沮丧，只有昂扬；没有悲歌，只有美的回望……

金秋的某一天

（一）

金秋里的某一天
我珍藏一坡枫叶
把这个日子记住
然后
用蓝色的句子
把它养在诗歌里

有些过往
多年之后就会长成一片树
等着那群叫作杜鹃的鸟回来
啼满枝头

（二）

心弦总是
被不听话的秋风牵动
在古都明月的夜

多少年后　我希望

我们依然在寻觅那片红

还有那簇叶

牵着秋在秦岭深处

你依然热烈

漫山的你

摇曳着属于诗的中国红

织就摇曳的中国结

我们是呵护的杜鹃
你是一片刚出窝的红红的雀
叽叽喳喳　漫山遍野

夜深了
窗外一轮冷月
古都的夜

点评

枫叶被诗心珍藏，给人金秋的遐想，却也给人春天的畅想。我不禁要发出天问：谁能“珍藏一坡枫叶”呢？回答是不容置疑的，那就是诗心！只有诗心才能装得下高山流水，自然也能装得下“一坡枫叶”！回味，满满的温馨！哪怕红叶一枚，却似心香一瓣。读这样的诗，人会落泪——不由自主，因为诗咏红叶，心焉能无动于衷？

看荷 致友人

看荷吧
临风玉立
飘逸挥洒
撒一路芬芳
听一湖鸣蛙

看荷吧
独秀山水
恬静儒雅
荡一池叶露
摇一泓奇葩

看荷吧
静若处子
灿若春花
领一份雍容
迎一片云霞

看荷吧
用心领略
用情升华
觅一种高洁
揽一塘风华

点评

似一组速写画，诗意在画中自由酝酿；似一组婉约清唱，基调里聚集了人生的昂扬向上。不，这不是心灵鸡汤，这是心灵在路上触景生情，灵感像芳香一样勃然生发；不，这不是浅吟低唱，这是人在旅途，感恩造化，对荷花不由自主地踏歌激赏。与其说是“看荷”，毋宁说是“观照般若”，是在为灵魂的寄养寻找一个栖息的禅房。

花与人生

你绽放的时候
我在身边
分享着你的浪漫

你繁茂的时候
我在身边
观察着你的灿烂

你丰硕的时候
我在身边
研究着你的丰满

你凋零的时候
我在身边
同情着你的凄然

你落地的时候

我在身边
咀嚼着你的淡然

哦　一面镜子
繁盛　衰老　光荣　平凡
我明白该坐北还是向南
衰老的时候悟天地
平凡的时候做神仙

点评

吟味之后，忍不住再三咀嚼。人生果然就像这首诗：与其说宿命如许，毋宁说道法自然更容易使人心领神会。诗人不在就事论事上纠缠、停留、咏叹，而在托物言志上借题发挥，妙笔生花，花喻人生，花与人生何其相似乃尔！老僧家常话，夫子自在心。在佛教禅宗里，花是一味禅。这首诗也是一味禅。

落花

曾经斑斓着斑斓
无法无天的光荣
如今落英缤纷
摇动着五线谱的风
痛楚　一地彩色的眼睛

大山朴素的声音
将你的眼神抚平
繁荣啊
只是生命历程中的历程

繁华落尽
朴素的清醒
清醒的淡定
花若人生
哦　那一地彩色的眼睛
　　眼神如此平静

点评

我想起了冯梦龙《醒世恒言》里的句子："落花有意，流水无情。"这话似乎是形容爱情的，但借用一下来形容人生况味也未尝不可，尤其是用来理解这首《落花》是再妥帖莫过了。作者是有人生大阅历的，勘破人生，所以勘破了落叶，或者说他的哲思妙想赋予了落叶"道可道，非常道"的寓意、内涵。诗写到这境界，禅意与诗意熔融妙合，吟之、品之，自可悟之。

关于你 谒胡适

依着山
　　怅望着故居
仿佛依旧坐在书房的沙发里
大脑是否还在小心求证
　　思绪是否还在认真推理
若有所思
　　碧空如洗
与天对话
　　风在私语

傍着树
　　聚焦在无涯的绿
好似旅途中的一次小憩
还在宣讲着少谈点主义?
　　正在解读哪几个问题?
天方夜谭

　　国内国际……
守望家园
　　一目千里
一切似乎刚刚开始
　　讨论尚在继续
曾经
　　中国因了主义而有了精神的大旗
　　这似乎和你的呐喊有着联系
曾经
　　社会因着攻克难题而生生不息
　　是否也有实用主义的哲学功绩
你曾奔走呼号
　　为了文学为了民族为了抗日战争的胜利
你曾高擎大旗
民主　科学　教育　文化　文明　文艺
你曾红极一时
诸子百家　跨界学政　学贯中西
有时也曾声名狼藉……
你坦然　你淡定
你超然　你奋力
家国情怀
　　不离不弃
守护精神

　　矢志不移
你　还是你

时光已过了半个世纪
岁月难掩前额的睿智与勃发的英气
镜框中的双目依然宁静致远炯炯犀利
大地说：生命的轨迹必然有高有低
青山说：木秀于林常常有毁有誉
于是　你就是你
大山拥抱着你
清流环绕着你
文化沉淀着你
思想追怀着你
后学记挂着你
胡适！
天地间　有一个大写的你

点评

这一首诗就是“大写”，犹如挥毫泼墨，一泻千里；又如高山流水，飞溅碎玉；更如“黄河之水天上来”，磅礴里分明是一种顶礼膜拜。鹰，遇见云了，就如同僧遇见佛了，诗心生共鸣，高歌乃放纵；诗情发胸襟，诗句播心声。

悠远的芬芳　谒邓丽君

看你的时候你已到了天上
柔软的旋律在暮色中飞扬
游人踏着硕大的琴键
追怀天籁的绝响
肃然
晚霞中游弋着如血的残阳
静默
恍然你就在身旁

一个女子的生命
因着旋律而延长
草在低吟
　　叶在浅唱

看你的时候
你已成为领舞的“舞娘”
洋溢着柔

　　通体金碧着辉煌
散发着美
　　飘逸无限的遐想

倾听
　　山风与小城故事的交响
回味
　　路边的野趣与告诫的花香
朴素的往往会有恒常的品质
属于大地的就有悠远的芬芳

点评

心的咏唱，美的吟哦，好比高流出深谷，琴弦奏妙音。与其说这是邓丽君之歌，毋宁说这是“舞娘”的还魂曲。天籁回放地，还魂且附体。余音袅袅，余香绵绵，传递一颗诗心的感动和感喟，寄托一种诗情的礼赞和惋惜，释放一种诗意的震撼与遗憾。香魂常在，芬芳幽远。邓丽君不死，不仅仅因为她的歌，还因为她的风华绝代于歌坛！

贵妃怨

总以为追随你就嫁给了江山
总以为柔肠百转就是忠诚
谁知道世事多变人生无常
马嵬坡上赴黄泉还背了骂名

是美蛊惑了人心?
是情迷惑了朝廷?
是舞虚幻了世界?
是乐混淆了视听?

歌舞升平的时候
我是美艳的彩虹
江山崩塌的时候
美却献出了性命

为私欲而祸国?
因爱慕而虚荣?

为江山而赴死?
因内讧而丧生?
有人说爱　有人说恨
有人说奸　有人说忠

长恨歌穿越时空到如今
纷纭千多年　爱恨几多情

打天下坐江山是男人的本分
丢天下走麦城却问责女性
朝廷冷　朝廷热　冷暖自知
若如此还莫若乡野草民

总以为追随你就嫁给了江山
误国的罪让我背似乎不太公平
总以为献柔情就是忠心耿耿
妖孽的名让我担实在太重太重

历史常有谜　解读待后生
后人复后人　总会有迷踪
香艳的故事常常说不完
宫廷的传说后人往往说不清

哦　站在天堂我看人生

自己经历的事情也弄不懂

点评

《贵妃怨》，怨贵妃。生逢唐明皇，万幸却不幸。自古道："红颜薄命。"却为何？历史不讲理，史笔更无情。王朝更替，最是吊诡！歌舞升平时，少不了国色天香；大厦倾塌时，少不了冤魂野鬼。杨贵妃就是这样的一位，无限风光在险峰，绝望人生数马嵬。贵妃在天有灵，必是这般自白。换位思考，昭然若揭。说怨未必无中生有，毕竟种瓜得瓜，种豆得豆；说不怨也难自圆其说，毕竟满朝文武，谁个一脸无辜？事实不能改写，历史却是人写的，怨与不怨，已这样了，又能怎样呢？我觉得读这首诗，不能停留在一个"怨"字上，而应透过冤情，去感悟花样人生与浪漫追求。都是过路人，都是当事人，都逃不脱干系。既然"天下兴亡，匹夫有责"，如何能时时、处处、事事超然物外？如何能事不关己，高高挂起？如何能见风使舵、顺水推舟？古往今来，红颜薄命，却是老百姓埋单，不是吗？一言以蔽之：《贵妃怨》，不是一人之怨，也不是一时之怨。"怨"中有真意，就在诗里边！

咸阳吟

咸阳乃秦之国都，汉有渭城，纵横人文，有咸阳古渡，有《阳关三叠》，有渭城朝雨，有客舍青青，有柳色新新……

（一）

我是咸阳古渡的那艘老船
我是船上那幅舞动的白帆
挟着辽远的风走向今天
梳理斑驳的岁月
翘首常新的家园

漫漫征程的悲壮
黎民百姓的苦难
大秦帝国的辉煌
一望千年的期盼

曾经
战马嘶鸣
战尘弥漫　妻离子散
如今

沉舟侧畔
坦途通天　如梦如幻……

（二）

我是《阳关三叠》的那根老弦
我是弦上那抹相思的幽兰
绕梁千年梦牵秦川
吟咏不老的情
悠扬相知的缘
别时难的感伤
见亦难的凄婉
悲壮苍凉的远行
小桥流水的柔绵

悠远的牵挂
无眠的咏叹
民不聊生的凄惨
长治久安的呼唤

一咏千年
　　千年一叹
　　情结千千

（三）

我是劝君更进一杯酒的那个老坛
我是牵挂故人的那双凄迷的眼
生离死别　望眼欲穿
西风瘦马　古道狼烟
丝绸之路春风不度的孤独
还我河山班师回朝的狂欢
春华秋实的得意
恶者得逞的弹冠

酒　丈量着喜悦的长短
眼　审视着历史的深刻与浮浅
光荣与梦想
巍峨与惨淡
蒙昧的得志
文明的招展

俱往矣！
那艘船风正潮平挂云帆
那幅帆直立潮头向云天
那坛酒祝君人生三万里
那双眼满目流芳一万年

点评

本来咸阳近在眼前，但读这首诗后，感觉咸阳旷古悠远；本来咸阳富有朝气，读这首诗后才想起咸阳的年岁超过了汉唐长安。把咸阳比作古渡的老船，一个古老的咸阳便活灵活现。哦，古老的咸阳古老的船，像传说，却存在过，只不过被尘封在了千年的藏书阁，被分解在了当今的博物馆。这首诗像春风吹过，轻轻地吹起了两千年尘埃，把一个古咸阳的城楼一角呈现在了读者面前。怀古诗，道古情，说不尽的兴衰与感慨……

岁月的回想

一间大教室
一座小礼堂
很难想象“解放思想”的号角
就是在这里吹响
于是，中国有了摧枯拉朽的力量

还是那些话筒
还是那片灯光
很难想象改革开放的大门
就是从这里开启
于是，中国有了让世界瞩目的模样

还是那些桌椅
还是那些门窗
很难想象“向前看”的大船
就是从这里起航
于是，中国崛起在世界东方

在这里——
一群智者将中国的眼睛拨亮
破除“两个凡是”
校正中国的航向
伴随着中国的潮起潮落
饱经沧桑
于是，真理标准的讨论
让多灾多难的中国
冲破蒙昧的屏障

在这里——
“实事求是”的光芒
让中国有了理性的力量
她站在历史转折的潮头
引领时尚
于是，开拓进取的雄姿
让中国放飞青春的梦想

历史是今天对昨日的追忆与回想
　　解放思想，我们不该淡忘
历史是明天对今天的延续与期望
　　解放思想，那条路依然漫长

点评

此即时代之歌、改革之歌、解放之歌，亦即岁月之歌、回望之歌、远望之歌，铿锵中有思想伴奏，昂扬中有旋律鼓荡，高唱中有底气充盈胸膛。诗人站在历史的制高点上回眸，既往如歌，既往如画，既往值得借鉴，也值得深思！这样的诗句值得背诵、咀嚼：“历史是今天对昨日的追忆与回想 / 解放思想，我们不该淡忘 / 历史是明天对今天的延续与期望 / 解放思想，那条路依然漫长。”

我与日月做伴

我蹲在童话大楼屋顶的那个塔尖
清晨　抚摸云霓与天鹅对话
黄昏　霞衬流烟与太阳聊天
我问太阳：
明天的天气怎么样?
太阳说：
那要看大地的表现
我爱光明　不喜欢阴暗
哦　与天地沟通
我是追日的神仙

我躺在乌云密布的山巅
中午　披着云彩静观云色流变
晚上　挽着星星与月亮搭讪
我问月亮：
明晚你是否依旧缠绵
月亮说：

那要看这世界是否干净恬淡
纯洁常常与我做伴
哦　和长夜对话
我是月亮的另一半

哦　我伟大
我和太阳
　　守护光明的光明
我和月亮
　　守望纯洁的家园

点评

诗句的浪漫掩饰不了诗心的忧患，诗中的答问更像是上天的警世恒言。日月呵护大地，大地养育着人类，人类应该知足、知趣，感激、感恩，更应该珍爱、珍惜！少一些索取，可能会多一些福报；少一些贪婪，可能会多一些平安。反过来说，人类若是多些诗意，可能会少些摩擦；多些爱心，可能会少些丑恶。心里装着日月，就不会有黑暗，也不惧魑魅魍魉；心里向往光明，光明就不会遥远，黑暗又何足道哉！即使雾霾弥漫，也应相信云霾之上，日丽月朗，苍穹蔚蓝！

一个酝酿童话的地方

一

大山深处的那群小屋
远远的　积木的模样
玲珑多姿　红绿黑黄
从散落的山脚
逶迤到大山的肩膀
屋在呼吸
呼入的是云　吐出的是雾
静静地在流云中思考
悄悄地在落霞里徜徉
哦　思考的村庄

二

你在天上
闻着鸟语　沐浴花香
鸟拖着长音
从屋后捡起彩色的芬芳

在流云中飘摇
在晓雾里游荡
落脚在流韵的屋檐上：
“闻香　闻香”
哦　天上的村庄

三
早春　草原的斑斓
沿山铺到天上
蝴蝶来了
那是一只幼稚园的蝴蝶
彩云来了
那是一朵刚出嫁的新装
苍鹰翱翔不忍离去
与你对望
村在花里　花的村庄
你在斑斓里眺望
我能闻到你的醉
我能摸到你的香
哦　童话的村庄

四
我住在村庄？

离天最近的那间房
打开窗　捋一把云洗脸
推开门　驾一片雾飞翔
黄昏　添一束火红送给晚霞
晚上　捡一片雪花搽搽月亮
然后
对着吴刚说话
对着嫦娥梦想
哦　梦中的村庄
一个酝酿童话的地方

点评

心醉了，魂飞了，恍惚如梦，似梦非梦，比梦还梦，却不是梦，而是诗，是从一位名叫薛保勤的人诗心韵口里轻吐慢吟的汉语言文字，带着屈原的离骚美韵，带着李白、苏轼的浪漫、豪放，就像海市蜃楼在眼前亦幻亦真般写意，就像画圣吴道子在天边泼彩挥笔般写真，就像《河图》《洛书》在向世人展示天文地理的古往今来！诗境宛如幻境，好似天上人间在诗的畅想与抒写中翻转，诗才天纵浑如龙吐波澜，心驰神往宛若天马行空，那跃然纸上的不就是“酝酿童话的地方”？把诗写到这般境界，等于从一个角度还原了汉语言诗化后的本来面目：汉语言的诗，就应该是这样的！诗是神的推心置腹，岂不然哉！

风从千年来

03 人生百态

黑与白的交响

一

是黑与白的组合
是山林与飞雪的交响
泼墨与留白在忘情地恣肆
水墨中华在天地间酣畅
笔走龙蛇　万千气象
哦　这是天公作画的地方

二

在冰雪的世界
寻找生命的踪影
花花绿绿显得多余
红红火火似乎矫情
生命原本简单
不需惊天动地的印痕
漫天皆白
纯洁就让我感动

三

在冰天雪地里寻找希望

我发现风雨无阻的坚强

在蒙蒙雪雾中捕捉浪漫

我寻找着忘乎所以的模样

坚强并浪漫

生命就有了异乎寻常的力量

四

是云　轻时

云淡风轻　清醒

是雾　重时

雾中探山　懵懂

懵懂是诗　清醒是歌

生活就是

清醒与懵懂的组合

五

是高山平湖上

一幅抖动的纱

纱里织着飞的理想

是生命旅途中

一幅诗意的绸

绸重含着淡定的激扬

六

冰清玉洁者　高贵

随冰逐流者　可怜

高贵是高贵者的骄傲

可怜是可怜者的哀叹

让高贵走进高贵的殿堂

让可怜懂得可怜的可怜

点评

天地之诗，本色之歌，删繁就简，呈现一个黑白分明的纯净世界。毋庸设想，天地之间本来就应该这样：在冰天雪地感受生命的原色、真我，在黑白对比里领悟是非曲直的源头、渊薮。浪漫不是浮光掠影，更不是五彩斑斓，那一切都是对真相的装扮、粉饰，有如华丽的服装永远不能与人体媲美一样。读薛保勤这首诗，我会心一笑，很自然想起了刘海粟的名句：“人体美，乃美中之至美！”这首诗与这句话有异曲同工之妙：天地之雪白，恰如“美中之至美”！

其实你不懂

不要以为你站在了山顶
你就有了高大的美名
其实　你不懂
大山为什么雄浑
与其自诩高大
不如追寻巍峨的行踪

不要以为守着泉水淙淙
就拥有纯洁和玲珑
其实　你不懂
小河为什么清澄
与其分享一份虚荣
不如让自己的灵魂干净

不要以为身处草原
就多了一份博大与恢宏
其实　你不懂

草原为什么浩瀚雍容
与其在花丛中撒欢儿
不如开阔自己的心胸

不要以为自己身居高位
就高人一等
其实　你不懂
官位不等于情怀责任和水平
与其得意忘形
不如多想想百姓
因为你也是百姓

点评

一些人是真不懂，或者装懂！这首诗振聋发聩，希望一些人能被警醒！道理恰如同这首诗，懂是一种幸运，不懂是一种悲哀！高山上的草还是草，居高临下，不还是草？狐假虎威，只能“假”而已，真以为自己就是虎？此诗如剑，亮光光醒目；此诗如镜，明晃晃高悬。请明白作者的良苦用心：他其实真希望你能懂！懂了，还可有药可救；懂了，或者柳暗花明。若还我行我素，熟视无睹，掩耳盗铃，嗨，那就是“命”了！

我只想听你说

我只想听你说
说流云如何从蓝天款款飞过
说飞雪在梅前怎样依依不舍
说从前家乡小河顽皮的清流
说那时村姑妖娆的柳丝婀娜

我只想听你说
说当年老屋陈酿的故事
说饥饿得如何惊心动魄
说村口奶奶守望的步履蹒跚
说没妈的孩子像没魂似的

我只想听你说
说世界不像爷爷描述的那样美
说诗意的露和沧桑的水是有区别的
说做个好人很不容易
说人生一定会面对种种诱惑

我只想听你说
说嫦娥吴刚的窃窃私语
说暮色苍茫追寻的那只白鸽
说没有污染的那些曾经
说澄澈见底的那条大河

我只想听你说
说面对跋涉的苦难绝不放弃生活
说面对精神的磨砺要坚强地活着
说迷人的彩虹不会凭空出现
说风雨中成长不仅仅是学说

我只想听你说
说善与恶残酷地对决
说真美善常常不敌假丑恶
说自以为是是书生的通病
说面对险阻要克服懦弱

我只想听你说
说面对高山是检验你攀登的勇气
说面对光环是考验你意志的品格
说天方夜谭可能是放飞的翅膀
说唯我独尊不全是领导所独有的

我只想听你说
说本分做人就是做好你该做的
说不要只会指点江山指指戳戳
说今天想好的事明天就要动作
说只会想不会做只会把理想淹没

我只想听你说
说早睡早起身体好
说耕读传家好事多
说光读书是呆子
说光卖嘴会惹祸

“知道了！知道了！”
小时候，烦您的啰唆
今天，我只想听您说
看着您的照片
您却在墙上慈祥地看着我
想说……却什么都不说……

点评

读了三遍，眼发热，心发酸，泪滂沱。好像是我在听，诗人在说。诗人宛如阅世觉悟的老者，诗像一个传说在时空里穿越，渺渺声远，却声声清迈，如雷音交响般在耳畔回旋，在心间澎湃。“我只想听你说！”一个人活出境界了，活出诗意了，活出哲理了，灵魂才会匍匐在地，回味曾经的“唠叨”。“不听老人言，吃亏在眼前。”亘古以来，老人言俱是真言，却多半被当成了耳边风，等悟出真意了，年华已撂远了。愿这首诗能住进读者的心田，并能长出一株亭亭玉立的莲！

错了　我错了

原以为人生的雨过后就会天晴
原以为明天的太阳就比今天的红
原以为奉献了就一定收获喜悦
原以为幸福仅仅在成功之中
错了　我错了

原以为海誓山盟就一定相伴终生
原以为信誓旦旦就是忠心耿耿
原以为鲜花蜜糖就是幸福
原以为幸福的日子就是歌舞升平
错了　我错了

原以为希望就是指路的灯
原以为有理想就注定成功
原以为有种子就有果实的丰盛
原以为母亲的笑容会伴我一生
错了　我错了

原以为收获了结果就收获了成功
原以为纯正就是人的启蒙
原以为有了钱和地位就有了一切
原以为有求必应就是友情
错了　我错了

人生啊
对与错的抉择常常在一念之中
对与错的领悟常常需要一生
面对生活的万花筒
在对与错中莫忘掂量轻重
我们需要清醒
有时也不妨懵懵懂懂

点评

如果心有一池春水，必然被这首诗激起波澜或涟漪；如果心是一张白纸，就应该书写下这首诗，那字字句句都是人生的警世恒言。或许，活人的真相、真谛就在这首诗的咏叹、回味里。“错了，我错了。”不是生活让我们认错，而是岁月让我们体验、甄别、见证了对错。“错了”才有正确；“我错了”，才有了觉悟！

不是，不是这样的

不是所有的花都让人怦然心动
不是所有的红都能引燃激情
不是所有的光芒都带来光明
不是所有的星星都向你致敬
不是，不是这样的

不是所有的真诚都能得到真诚
不是所有的耕耘都能收获秋风
不是所有的青春都拥有锦绣前程
不是所有的未来都美丽如梦
不是，不是这样的

不是所有的表白都带有虔敬
不是所有表面的光鲜就是有质量的生命
不是所有的成功都为了浅薄的追捧
不是所有的追求都为世俗的名就功成
不是，不是这样的

不是所有的两情相悦都地配天成
不是所有的天真都能被世故戏弄
不是所有的高贵者都有高贵的魂灵
不是所有的卑贱者都是卑贱的众生
不是，不是这样的

不是所有的教诲都需洗耳恭听
不是所有的成长都需耳提面命
不是所有的光都孕育生命
不是所有的运动都在前行
不是，不是这样的

不是所有的现实都约定俗成
坦然面对　失败或者成功
从生走到终　积极就可能创造永恒
把握当下　就是笑对人生
把握当下　就是把握生命

点评

这首诗堪称《错了，我错了》姊妹篇，两相参照，互为印证，既像图画人生诗意余韵，又像阐释人生是非曲直，更像还原人生本来面目。“不是，不是这样的”，那是怎样的呢？否定之否定，已逼近答案了，似乎说啥都多余了。“石破天惊逗秋雨。”各人的阅历，各人的联想，那就各人揣度吧。过来人会心一笑，那感悟就在笑里了；后来者莞尔一笑，那启迪也在笑里了。而诗的魅力，恰恰就在这欲言又止里！

清鸣

海口，海瑞墓，肃穆，寂静，庄严。墓园有塘，塘中有荷，荷上有蛙，蛙声一片，我悟蛙声，浮想联翩……

这里安放着一部人生
洋溢着辉煌与惨淡的峥嵘

做人　痴心不改
尽管跌跌撞撞懵懵懂懂
傻啊　傻得只剩了忠诚

为官　唯有百姓
尽管坎坎坷坷降降升升
难啊　为生民请命

不为虚浮所齿
　　不为邪恶所动
不为世俗所容
　　却为天地留名

如今　墓园已经清冷

蛙伴着荷　我寻着声
轻轻地　轻轻
蛙声将荷露抖动

清明
　　蛙在荷上守灵
清鸣
　　啼一塘清风
看　寒来暑往
听　春雨秋声
捋　潮起潮落
品　月高风清

安详地将世间守望
牌坊似高耸的眼睛
清明　何为清　何为明
清鸣　谁为清而鸣

噢　这里安放着一颗英灵
留给世人的不仅仅是峥嵘

附　清明读“清鸣”有感

李东升（原《陕西日报》社社长）

清明时节诵“清鸣”，
如啜甘露沐春风。
鄙虚尚诚见至性，
疾恶爱民道心声。
敬荷处污自清洁，
喜蛙灭害不妄鸣。
欣逢盛世开寰宇，
百姓尤赞新海公。

点评

是一颗诗心在为忠魂浅吟低唱，底色浑厚，基调高昂。是脱口而出，因为诗心被忠魂所感动；是情不自禁，因为诗心被忠诚所感化；是肺腑之歌，因为诗心在为忠骨感伤。没有诗心，此诗不会这般沉重；没有诗心，无法穿越时空；没有诗心，无法解得汉民族生生不息的密码。长歌当哭，让我们在铭记中保持清醒！

心中有一片天

心中有一片天
世界就多一分属于自己的蓝

眼前有一片海
胸中就有一幅别样的帆

天边有一抹霞
远方就有一团腾跃的火

身边有一叶桨
未来就有一波飞红的澜

手中握一支笔
人间就多一篇美的宣言

情感多一分真诚
旅途上就多一坛陈酿的酒

追求多一分自信

脚下就多一座流韵的山

点评

天的启示，诗的哲理，就像打开天窗说亮话，每一句都似月光挥洒在水上，都像玫瑰挥发着芳香，都如天边放射了一束晨光，那是畅想，更是希望。读这样的诗，更像春风吹拂，心上花开；蜂飞蝶舞，梦想入怀。

失望

老兄啊
一场久违的聚餐
咋就不欢而散
不如当年的粗茶淡饭?

发小的聚会坐得那么近
心怎么那么远?
我依然把你当知己
你却把自己当成了官

微微的笑容
难掩春风的招展
不绝的谈吐
势若悬河　口吐金莲

我说家长里短
你在指点江山

我说童年的伙伴
你热衷于谈权

我说儿时的小河小船
你说海滨的风浪风帆
我说我们曾经在沟里捉迷藏
你说美洲大峡谷真好看

我说生活好了
但教育难看病难养老难
你说人这一辈子
坎坎坷坷谁不难

呵呵　不是我怕难
而是你应该知道难
不知道百姓的冷暖
你怎么做官

我心仪你的奋斗
不喜欢你的今晚
你陶醉着你的陶醉
我观感着我的观感

你享受着簇拥的得意
我交往着柴米油盐
我庆幸我依然是百姓
我难过你和人的距离太远

我想说
你还是伙伴中的骄傲
我要说
脚踩大地的人才能风光无限
呵呵　并不是因为今晚

点评

这首诗，应该是发乎很多过来人的心底，因而必然与很多人产生共鸣！看似直白如话，实则酷肖漫画，几笔勾勒，无须渲染，两种面孔活灵活现。活人活啥呢？其实一言一行，就足见其高度、深度、风度，包括胸度。细节决定情节，也决定气节。穿着戏装的是戏子，走下戏台，就应该还原本来的样子。诗心如日月，明心见真情。听得进去，幡然悔悟，才不枉了作者的拳拳之心、赤子之心、良苦用心！

开会

开会是为了解决问题，如今会议也成了问题。欣喜中央出台改变作风的“八项规定”，就有了如下的感想。

台上的猎人
在打枪
口若悬河如子弹出膛
不厌其烦
瞄着下边恣肆汪洋

台下的兔子
正襟危坐　满满当当
子弹连发　横扫着前方
灵魂却在游走
子弹没命中该命中的地方

会议为什么这么长
会议为什么那么胖

是猎手的脑子出了毛病

是猎枪的准星有了故障
是子弹乏力
还是兔子张狂没有教养

原因很多　值得思量
总之　会是要开的
打枪要瞄准
会要有质量
不要忘了会议的功能
不要忽略兔子的愿望

点评

太形象了！一言以蔽之，水流石头白。为开会而开会，开会还有什么意义呢？作者不是在徒发感慨——那样的感慨，与会的人中并不罕闻；作者也不是为批评而批评——会议也有会议存在的社会生态。作者没有超然物外，而是置身其中，在比喻中有所针砭，在解剖中还原本真。我愿此诗能被当成一剂良药，饮之、味之，必定受益。

不眠的广场

这是一块火红的土地
当夕阳用红把你托起
火便飘飘　火便熠熠
你燃烧的倩影便定格在天际

这是一块多情的土地
远道的人们慕名聚集
善良是真诚朴素的底色
笑脸是沟通炽热的话语

这是一块浪漫的土地
马灯摇曳马蹄声声唤虹霓
非洲的长袍伴着西装革履
手鼓乘着旋律弥漫在歌里舞里

这是一块古老的土地
壁毯　木刻　小吃　杂耍　瓷器
随着声声叫卖融入沧桑的街区
披着夜色我走进中世纪

点评

诗的本身就如同摩洛哥人的善良和笑脸一样穿越了时空的限制，穿透了语言的障碍，使人文的情怀骤然间相容，使心灵的距离一瞬间消除，就好像日月星辰悬在穹庐上一般，能真切感受到普世价值没有国界，就如同河流一般。

狡猾　致友人

世界因你而有了许多谜
生活因你而有了复杂的意趣
单纯因你而走向成熟
人生因你而有了多“几根弦”的含蓄

你的笑包含着怎样的“智慧”
鱼尾纹洋溢着多少不可捉摸的“目的”
你的眼神有多么耐人寻味
笑声里有多少自以为是的得意

也许你不理解它“深刻”的意味
它会让你走得路断人稀
也许它曾是你防身的武器
过度地使用会遭受真诚的鄙夷

是社会让你变得精于“算计”
还是你让社会多了几分“神秘”

算计使你失去了多少宝贵的情谊
神秘添了多少让人敬你远之的“灵气”

生活嘱咐我：
投机地得到往往意味着失去
人生告诉我：
光荣的失去胜过卑鄙的获取
还是让真诚回归你
明天的你会活得通透、达观、大气

点评

是诗心，也是苦口婆心，更见得诗人的良苦用心。诗人的口吻，不是尖酸刻薄的冷嘲热讽，不是居高临下的灵魂挞伐，更不是上纲上线式的道德审判，而是春风化雨般的温和劝谏和忠厚长者的耳提面命。诗人显然是有感而发，既针对某个人，也针对某个群体。言辞恳恳，善意昭昭。“狡猾”只会逃避善意的眼睛，却躲不过恶意的陷阱；只会屏蔽良知的宽容，却熬不过岁月的拷问！与其在狡猾里左右逢源，毋宁在智慧里如鱼得水。这首诗的善意、美意、真意，应该就在这里！

不要说无奈

不要说无奈
心中永远要有期待

不要老是徘徊
小世界亦可有大情怀

枯燥的日子
让我们远离倦怠

成熟的日子
能驾驭欢乐与悲哀

有朋的日子
需明白什么是爱

脆弱的时候
要懂得什么是忍耐

吃亏了
可能给他人送去了关爱

委屈了
想着友谊　还有未来

点评

我愿意将这首诗虔诚地推荐给抱怨人生、抱怨人世、抱怨他人的朋友们！这是一首铿锵有力的励志格言诗，句句都像鼓槌，敲击着世道人心的浮躁与膨胀、自私与狭隘、消极与沉沦。这首诗似乎揭示了这样的人生哲学：人生说白了，就是手心和手背。不在手心上跳舞，便是在手背上攀爬；没有永远的风光，也没有永远的倒霉；只要不离开手，命运就有转机的时候。

清明的想……

一

清明纷纷的雨
不该只是路上的断魂
祭奠　感恩
应属于炎黄部落的每个人

今天啊
有人以开涮祖宗为荣
清明漫天飘飞的纸灰
有多少作秀的成分?

哦　黄泉路上有人在看你们

二

清明的雨中
为何买醉到杏花村
与其寻牧童遥指

不如携一颗虔诚的心
面对苍天
爱还有几分真
面对大地
情还有几许纯

哦　有人在天堂看你们

三

清明时节啊
应该洗洗灵魂
一蓑烟雨江湖中
跪拜　勿忘自问

人啊　因为祖宗
就有了你们　我们　他们
感恩的内涵不仅是回馈
最好的祭奠是珍重

哦　我陪着你们看生命

点评

与其说这是先人喝问，毋宁说这是良知喝问；与其说这是喝问人生，毋宁说这是喝问灵魂。“清明”的应有之义，就在这首诗的“喝问”里。但愿这首诗能唤起良心，能警醒梦人，能让活着的人都扪心自问：真理解“清明”吗？真尊重“清明”吗？真相信“在天有灵”吗？大凡人心里多一份虔诚、多一份敬重、多一份感恩，“清明”祭祖就不只是一次踏青、一次休闲、一次作秀！

我为此诗，献花一朵，敬酒三杯，讴歌十分！

我坚信

当浅薄被当作深刻
当虚伪潜入人们的生活
当理念成为作秀的旗帜
当秋天的落叶被视为耕耘的丰硕
我坚信
历史的车轮会为社会的天平纠错

当真善美不敌假丑恶
投机被当作智者的杰作
当公仆的升迁也需要商业的运作
勤恳羞于巧取豪夺
我坚信
历史会重建属于自己的生活

当假话成为时髦
教养被视作懦弱
当奉献成为标签

纯正遭遇无情的奚落
我坚信
历史会力挽狂澜将这耻辱定格

当我们的著述成为他人的学说
当文明的种子面对成长的险恶
我坚信
历史会为历史负责
否则我们将走进水深火热……

我坚信
就像种子坚信大地
春天坚信花朵
我坚信
就像孩童坚信母亲
秋日坚信硕果

当东方的旭日冲破云的阻隔
我知道
那就是心的礼赞　梦的高歌

点评

诗人的“坚信”，应是良知的“坚信”，更是普世价值的“坚信”。此诗如针灸，针针刺病穴，读后有痛感，更有通透感。浪漫是诗人的品质，更是诗人的翅膀。读此诗也，如虎添翼，骤然间豪情盈怀。此诗抒情如闪电，咏叹如响雷，振聋发聩，使我们在沮丧中警觉，在振奋中生发浩气。坚信，不是一个人的意志，而是众志成城。“山重水复疑无路，柳暗花明又一村。”

沉默　致徒弟

我喜欢沉默
就像大地面对沉默的我
有些时候　沉默就是深刻
于是　我见了什么都不说

我喜欢沉默
就像太阳面对静静的我
有些事情温暖着不一定要说
心中的记挂是最纯粹的

我喜欢沉默
就像昨天面对丑恶的冷漠
有些东西还是别说
丑恶的反扑比反扑更丑恶

哦　我选择沉默
我知道正义有时也可能懦弱

汉子有时也会无可奈何
呵　这世界
还没有祥和到什么都能说

点评

我觉得诗人是正话反说，反话正说。似乎是人生哲学的灵光闪烁，似乎又是人生在世的无可奈何。或许这首诗要告诉读者：可能沉默是金，所以才孕育了无题的诗歌；可能沉默是禅，所以诗歌才颇耐人咀嚼。此诗是当头一棒喝，让读者扪心自问：人活着为何不得不沉默？究竟是该沉默，抑或沉默只是智慧的一种选择？答案实际上就在这首诗里藏着，姑且见仁见智吧！

绝不

用挺拔诠释成长的语言
无论风和日丽
抑或惊涛拍岸
绝不为了苟且地生
而丧失尊严

用忠诚维护天的湛蓝
无论乌云密布
抑或天高云淡
绝不为了粉饰升平
而将圣洁污染

用生机装点春的内涵
无论瑟瑟冷雨
抑或乍暖还寒
绝不为了浮浅的虚荣
而虚拟春天

点评

《绝不》是人生的一种选择，只有唯一，没有两可。或许做人就该如此："绝不"而果决，人生的价值就孕育在其中了。坚持"绝不"，尊严就不会被冒犯，忠诚就不会被透支，守望的圣洁就会像天一样湛蓝而不受污染。春天就是春天，只有真，生机才会无限，才可望万物复苏，姹紫嫣红。

自问

一

我们常常追求深刻
思想却在亦步亦趋的鼠目寸光中
不知不觉地浅薄
我们常常传扬高尚
境界却在利益驱动的欲望中
潜移默化地倾向于龌龊

二

我们常常高擎理想
精神却在蝇头小利的诱惑中
无所顾忌地流浪
我们常常提倡担当
肩膀却在患得患失的权衡中
失去了勇气和承担的力量

三

我们常常大声疾呼解放
智慧却在刨根问底地寻究本本中
有意无意地消磨着锐利的光芒
我们常常大讲情怀
胸襟却在家长里短的关注中
兴致勃勃地失去了雅量

四

我们常常告诫自己为民
责任却在权力的麻醉与高高在上的滋润中
默默地流失　悄悄地淡忘
我们常常叮嘱自己干净
灵魂却在庸俗的泥淖与物欲的攀比中
不知不觉不干不净地流放

五

我们常常勉励自己要亮节高风
尊贵却在钱与权的勾引下
心安理得地让位于实用　庸俗到玲珑
我们常常提醒自己朴素

做派却在奢华与寒酸的算计中
奢靡地丰满　得意地放纵

六
我惭愧
与其得意忘形　不如多想想百姓
我是公民　原本就是百姓
为什么不知不觉地远离了群众
百姓怎么看我我怎么看百姓
命题简单却常常无动于衷

我惭愧
我是党员　要立党为公
为什么没有兑现该有的忠诚
活着为什么　做官图什么
宗旨却成了教育属下的内容

七
我自省
我是大山的儿子
是否还能听懂养育的乡音
是否还能理解款款的乡情
是否还能看见父老乡亲

是否还记着儿时饥饿的哭声

我自省
理想是否因组织重用而坚定
境界是否因官位升迁而提升
水平是否因地位变化而提高
口碑是否因敬业而被认同

我自问
你感到的是把官当事做的沉重?
你享受的是把事当官做的虚荣?
政声人去后　得失寸心间
百姓的心中始终有杆秤
勿忘使命

呵呵
我在给灵魂照镜子
灵魂需要阶段性的革命
我在给思想送温暖
思想的根基需要纯正
我在给精神把把脉
让精神的家乡激流涌动

点评

好似灵魂的自白，好似赤子的反省，好似空谷足音的回声。慷慨激昂如波涛澎湃，酣畅淋漓如大雨滂沱，铿锵有力如地动山摇，醍醐灌顶更如当头一棒喝！这首诗像雷电划破长空，像彩虹弧卧苍穹，像白云舒卷峰头，应该能被读懂——而读懂此诗的灵魂若幡然悔悟，或许一个转身，无须涅槃，已获取新生！

了了歌

壬辰初夏，登终南山，沐雨、观云、挽风、揽绿、听蝉……归来记趣。

终南知“了”

终南闻知了　漫山都说了
大事可化小　小事不了了
遇事不烦事　事事终有了
人生了未了　不了了也了

终南问“了”

了为红尘事　人人都有了
了了犹未了　未了当了了
当了不了了　不了也了了
了了不为了　为了了不了

终南悟“了”

世间本无了　想了便有了

不了当懂了　懂了不图了
没完如没了　没了也是了
如若了不了　权当已了了

点评

知而问，问而悟，诗意通透明澈，诗境豁然开朗，如日光之穿凿碧海，如月辉之照耀花园，人生真相宛若图画之上。咦！唯有诗心不能逼真勾画，唯有诗才不能穿越幻相，唯有诗情不能拈花微笑。“三了”诗人诗性深厚，诗情饱和，诗思独特，诗化人生阅历于胸，诗携人生觉悟如禅，诗如泉涌，化清流而为溪，积明潭而为镜，吟之味之，不叹而何？

屈原　我对你说……

一根丝怎么这么长
牵着两千多年的不了情
一种情怎么这么重
家国情怀　糊涂清醒　奸佞忠诚……
汨罗蜿蜒铮铮着风骨
秭归巍峨猎猎着永恒
奋力的呐喊让小人汗颜
投江的悲壮令天地动容

曾用诗歌为生命提神
曾用生命为大地招魂
路漫漫其修远兮
你用筚路蓝缕来见证
虽九死其犹未悔
你用毕生在躬行

坐在江边　我俩吃粽子

你品味酸楚　我咀嚼忠诚
立在船头　我俩读人生
你回望无奈　我研究威猛

雄黄酒　过了三巡
步履蹒跚　我们走进秭归城
你说　历史有时清醒有时糊涂
国人有责　社会要清明
我说　曾经糊涂今天清醒
祭奠你啊
我们仍然需要启蒙
气节　气韵　风度　风流……
始于足下　道远任重

点评

诗人遇见诗人了，虽然隔着两千多年的时空，却不妨碍一颗心与另一颗心的碰撞、交流、互动。屈原的时代已经十分遥远，屈原却依然活在民间，活在龙舟上，活在粽子里。他用自己的诗传递了一种高标，他用自己的死铸造了一座丰碑。这首诗字字含泪，句句蘸情，字里行间跳跃的是《离骚》的心，抒发的是《九章》的情，呼唤的是《九歌》的魂，隐藏的是《天问》的思考与困惑，虽然并不催人泪下，却使人的心难以平静，使人在吟诵中咀嚼到了人生的况味、在咀嚼中感悟到了家国的抱负、在感悟中寻找到了做人的坐标。

李白请我去喝茶

一

前天黄昏
李白请我去喝茶
把飞流直下三千尺的泉
倒入香炉
庐山的新茗被煮成蓬勃的花

紫烟缭绕　青衣长衫
山很高　夕阳西下
他金鸡独立
我坐在悬崖
他　飘飘欲仙　欲言又止
我　头晕目眩　心里发麻

李白笑了：
哦　日子过了千多年
却没了呼儿将出换美酒的潇洒

少了窗前明月家书万金的牵挂
忘了天生我材必有用的自信
缺了我仰天大笑出门去的傻

哈哈　太白率性
不要以为我们生活在当下
我们的确缺了点昨天的啥
是情怀　是忠孝　是家国　是文化……
可能啥都不是　又可能是啥

二
昨天早晨
我邀杜甫去骑马
披着光　从潼关出发
到长安城里去看花

老杜长髯轻捻　念念不忘
安史之乱的秦川啊
家破人亡　潼关老妇今何在
妻离子散　咸阳征夫现在哪儿

渭河蜿蜒　水润长天
秦岭逶迤　风光如画

美得曾经想都不敢想
祥和得有些虚假

请原谅我可能多余的忧患
不是我　不相信这繁华
爱到深处恐生变
秦川处处是我家
从离乱中走来的人啊
总是后怕
请理解
一个老朽的忧思与记挂
请记住
治大国可别忘百姓的小家

三
今天我和辛弃疾去打靶
欲擎苍　再牵黄　轻狂聊发
重温　挥戈风流
再展　仗剑风华
无奈　人老了　眼昏花
没见过枪　不知道靶
这世界变得不可思议
犁铧尚用来耕地

剑戟早已进入收藏者的家
战乱已离去很久很久
武器却变得如此发达

是战争催生着武器
是武器将战争升华
我知道人类始终在追求和平
我知道武器支撑脆弱的繁华
我明白　道义常常软弱
我懂得　落后就要挨打

留恋梦里吹角连营的意境
怀念醉里挑灯看剑的潇洒
那不过是老夫对往事的追怀
不过是老将曾经的戎马生涯

我悲哀
和平需正义
战争是对文明的践踏

我清醒
利剑仗天下
武器应将邪恶鞭挞

点评

李白是酒仙，却请诗人去喝茶，这就有意思了。茶不但不醉人，而且还提神，这就有了跨越时空的对话了。三节诗，三个话题，却可归结为一个命题，那就是民心所向。古往今来，人心是一样的。第一节是倾听李白发古人之慨，却怎么那般耳熟啊！第二、第三节是借助杜甫、辛弃疾之口，倾吐诗人自己的感怀、块垒和隐忧。我忽然想起了范仲淹的名句：“先天下之忧而忧，后天下之乐而乐。”古今仁人志士，怀揣的都是这句话，包括李白、杜甫、辛弃疾，这首诗的作者当然也不例外。都有一颗爱国心，诗发豪情，情系家国，如出一辙。读这首诗，心咋沉甸甸的？作者说得好：“战争是对文明的践踏”，难道不是吗？“武器应将邪恶鞭挞”，难道不该吗？记住诗人这话，愿人世间开满和平富贵的花！

我拉李白去喝酒

凌晨　懵懵懂懂
我拉李白去喝酒
我们久违于梦中
在水从天上来的壶口

命悬一线　披风驾雾
高坐在水花飞泻的潮头
飞烟扑面　喧声如吼
对望怀古　举酌浇愁

李白不知茅台的浓度
豪饮不休　挥舞长袖
醉眼蒙眬　对着月亮说
我要跟你走

借着酒劲　骑上五花马
乘着豪情　披挂千金裘

依然张扬　依然飘逸
依然不羁　依然风流

天亮了　吃惊
面对滔天的黄
他捧起浑浊的水
怎么！雾中连泥都有？
曾经　天上来的黄河啊！
鲤鱼在龙门飞来又飞走
一河潋滟　一河鱼虾
一河柔情　一河锦绣

一千多年了　母亲河啊！
沉重的黄　黄得让人愁
人不净　百姓何以休
水不清　江河何以流

我们不是黄河儿女吗？
我们在如何续写春秋？
对天地不孝　就不怕雷神报应
对山水不恭　就不怕天公诅咒

危乎高哉

我俩站在蜀道难的入口
望着覆盖在秦川大地的霾
李白哭了　哭得浪漫
飞流直下　许久许久……

点评

读罢此诗，泪湿双眸。这不是诗，这是赤子之心的襟怀袒露；这就是诗，这是有识之士的咏叹忧虑！无须遣词造句，不必无病呻吟。诗心常在，诗情常有，诗意之花常开，灵感便不会枯萎，诗句便如“黄河之水天上来”，浑然天成而铿锵雄浑！但凡有心者，读此诗必然心生共鸣。诗以言志，诗发豪情，诚然哉！

远行

孩子
妈妈要远行
你不要泪眼蒙眬
病魔肆虐　国难当头
山河呼唤　护佑苍生

妈妈
儿子要远行
您不要忧心忡忡
疫情告急　举国悲痛
全民动员　决战寒冬
是医生就必须出发
救死扶伤就是我的使命
是战士就要出征
好男儿需要担当的忠诚

我们不流泪
我们不沉重
医生自有医生的责任
战士自有战士的忠诚
迎难而上　逆风飞翔
风雨中昂首才是真人生

我们不流泪
我们不沉重
医生自有医生的责任
战士自有战士的忠诚
迎难而上　志在功成
风雨中拼搏我们最光荣

点评

这是写给抗疫白衣天使的壮行诗,也是这个疫情春天动人心魄的励志歌。诗心鼓舞人心，更传递爱心；诗情鼓荡人情，更点燃激情。大爱在诗句里升华为国魂，亲情在诗句里凝聚着守望。这首诗不催泪，读后却泪溢双眸。诗歌合为时而作，诗歌合为时而唱，诚然哉!

庚子早春的风景……

这是庚子年早春的街景
原本熙熙攘攘却如此冷清
当市民防疫情守在家中
你却义无反顾走在街头
孤独地守护着城市的洁净

这是大年初一的市中心
原本摩肩接踵却如此寂静
当大家回归温暖的家庭
街头有你单薄的身影
你用单薄守护着城市的尊荣

平日你常常被人忽略不计
他们只关注人文　街景　网红……
当阖家欢乐的时候
寒风中的你告诉我
什么是守望　什么叫淡定

你可能没有多少文化
但城市需要时　你管用
你可能不会讲那么多大道理
却用扫把丈量着奉献与忠诚
瞧瞧这大街小巷动人的背影

哦　街心这过节的花篮
应该送给你
马路天使
初春宁静的西安古城
你是街头最美的风景

点评

这是一首接地气的诗，也是一首应景诗，甚至是一首即兴诗。没有平视的姿态，如何能看见马路天使？没有平民的情怀，如何能感同身受？没有诗人的情感冲动，如何能脱口而出？吟诗如蚕吐丝，诗发本心，诗才如此生动；歌咏如蜂采蜜，向花而歌，诗才回味无穷。

孩子　你不要牵挂

孩子　走吧
抹去牵挂的泪花
让生命在战“疫”中升华
就像当年奔赴沙场的爸爸
走吧
不要一步一回首
大疫当前　有国才有家

孩子　走吧
抹去不舍的泪花
让青春在奉献中成熟
就像当年抗震救灾的妈妈
走吧
莫犹豫　不惧怕
万众一　祖国就是家

走吧　走吧

在逆风中成长
在苦难中长大
风霜雨雪是对生命的历练
风雨驰援是对家国的报答

走吧　走吧
在奋进中成长
在磨砺中长大
国难当头　有国才有家
众志成城　护佑我中华

走吧　走吧
带着父老乡亲的祝福
带着白发爹娘的记挂
贡献是对大地的回报
平安是对父母的报答

孩子　走吧
盼你凯旋　盼你平安
寸草春晖　家国天下
我们等你　等你
平安　回家

点评

文章合为时而作，诗歌合为时而唱。庚子春节，疫情来袭，一批批白衣天使逆行湖北，去拯救那里遭遇病毒侵袭的同胞。病毒无情，人间有情；大爱无疆，大义昭然。战“疫”如同战争，甚至比战争更残酷。这首诗既是壮行词，也是英雄曲，更是青春之歌；带着时代节奏，带着生命旋律，带着使命感召；是父母嘱托，是祖国嘱托，也是人类嘱托。吟诵这首诗，能感受到热血伴随着节奏喷涌，激情伴随着旋律燃烧，心弦伴随着感召共鸣，精神为之亢奋，意气为之风发，灵魂为之升华。诗以抒情，诗以励志，诗以见心见性，然哉！岂不然哉！

不要说我们是英雄

不要说我们是英雄
我们都是芸芸众生
我是父亲　是儿子
我是女儿　是母亲
我们是人民　是群众
我知道　我们也有
微不足道的使命

曾经
大雪弥漫　无依无靠
有人寒风中　送来款款的情
曾经
车祸惨烈　奄奄一息
有人以命换命　我九死一生

不要说我是英雄
出发时

我也提心吊胆　忧心忡忡
告诫自己绝不做狗熊
面对阴险的病毒

我懦弱
也想过“万一了”的事情
提醒自己振作　我也是个兵

不要说我是英雄
我只是有着良知和人的感情
当我的同胞面对苦与痛
我应该有伸出援手的本能

不要说我是英雄
如今的“英雄”太多
扪心自问
我担心误读了我的真诚

不要说我是英雄
如今的英雄过于“崇高”
我只是践行了妈妈说的
国难当头　咱要像个百姓

千万不要把我们当英雄

我是芸芸　我是众生

我只是医者仁心

做了一个百姓该做的事情

点评

读这首诗，既接地气，更醍醐灌顶，使人在吟哦回味中顿悟什么叫英雄本色！面对疫情肆虐生命的战场，逆行者焉能不是英雄？不以英雄自居，更能见仁见性！慷慨逆行者，是一条条鲜活的生命，惜命是每个人的本能，不怕死才是对生命的误解、误读和不尊重；义无反顾者，是一个个白衣战士，做了医者，就担当了使命，就意味着随时随地献身的可能。唯因如此，他们更显得可爱，更显得可敬，更令国人感动；他们“舍身”，但没有“忘死”，更显得人格脱俗，更显得精神高贵。明知山有虎，偏向虎中行，那是何等的气概，又是何等的真诚！毕竟，逆行是他们的选择，而选择本身已凝聚了古今中外的英雄之歌。他们不以英雄自居，恰说明他们才是真正的英雄，或者说他们用自己的行动荡涤了英雄的陈腐、更换了英雄的内核！

风从千年来

04 岁月如歌

送你一个长安

送你一个长安
蓝田先祖
半坡炊烟
骊山烽火
天高云淡
沿一路厚重走向久远

送你一个长安
恢恢兵马
啸啸长鞭
秦扫六合
汉度关山
剪一叶风云将曾经还原

送你一个长安
美女江山
瘦燕肥环

灞柳长歌
恨海情天
摘一缕情丝审视昨天

送你一个长安
李白杜甫
司马长卷
华夏锦绣
天上人间
采些许诗意观照明天

送你一个长安
西风残照
皇家陵园
唐风汉韵
辉煌惨淡
留一份清醒告诫今天

送你一个长安
秦岭昂首
泾渭波澜
科教高地
中国名片

以奋飞的姿态抒写盛世经典

送你一个长安
一城文化
半城神仙
长箭揽月
飞豹猎犬
借今古雄风直上九天

送你一个长安
回首沧桑
一望千年

送你一个长安
体味大唐
珍重长安

送你一个长安
再加一份祝福
送你一个长安
还有祥云一片

点评

《送你一个长安》，不仅仅是“送”长治久安，还包括汉唐雄风，还包括花好月圆；还包括周秦底蕴，还包括文明源远。歌中一咏三叹，有如一波三折，长安的文化便显露峥嵘，长安的历史便起伏连绵，长安的人物便若隐若现。看似平铺直叙，实则深流静海；看似轻描淡写，实则信手拈来；看似漫不经心，实则寓意高远。作者是低身段，高境界；小谋篇，大格局。“会当凌绝顶，一览众山小。”文化的发祥地，历史的制高点。“横空出世，莽昆仑，阅尽人间春色。”那是天设地造的，那是水到渠成的，那是本来就有的，用不着发挥，便淋漓尽致；更无须呻吟，便虎啸龙吟！长安的歌，不一样就是不一样啊！

城

曾经是保平安的一围墙
如今是万家灯火的一座院
城头看剪影
　　长乐　安定　安远
　　凝结着期盼
院里有故事
　　皇城　新城
　　流转着变迁
巍巍大唐
满目阑珊
城是家的家　家是城的院
你从昨天走来
古城　心城　我的家园

曾经是历尽沧桑的一方印
如今是高歌远航的一艘船
印痕里有文化

　　尚仁　尚德　尚俭
　　寄托着承传
船舱中有记忆
　　解放　和平　民乐园
　　祥和着风帆
一路云烟
春光无限
城是家的家　家是城的院
你向明天驶去
新城　心城　希望的家园

点评

一座城，如何就变成了诗人眼里的一个园、一个院？一方印、一艘船？虽是奇思妙想，却也活灵活现！古往今来，桑田变沧海，沧海变桑田，古城长安也不例外。盛世长安，已只剩下大雁塔、小雁塔了；明清不远，却也遗迹无多，留给今人的，看得见摸得着的，还有啥呢？“舞榭歌台，风流总被雨打风吹去。”是真的呢！这首诗或许能给今人些许启示：珍惜当下，珍惜人生，珍惜家园！无论是城市，还是家园，放在心里，她就是有生命的，她就不会辜负我们。

曲江春晓

曲江早　雾缭绕
百鸟啼春晓
莺飞草长声声翠
一池青未了

曲江俏　多妖娆
草木亦逍遥
姹紫嫣红波中秀
一湖仙子笑

曲江晓　波浩渺
雁塔佛光罩
千载文华一脉传
风流看今朝

曲江好　夜未了
琼楼玉水桥

霓虹笙歌切切语

朗月伴良宵

点评

曲江确实好，但这首诗更好！曲江曾经因大唐而闻名遐迩，也因唐诗而流芳后世。古城历经涅槃，如今在几近废都的古址上复苏、勃兴，焕发出生机、展现出新颜，今日的曲江只是其缩影而已！读是诗也，可以抚今追古，心中应念人文盛景，来之不易。

又看桃花　又见笑脸
——致崔护

唐代崔护作有《题都城南庄》①

诗曰：

去年今日此门中
人面桃花相映红
人面不知何处去
桃花依旧笑春风

当年你城南看桃花
桃花映笑颜
不知你今天怎么样
却记着那张脸
人面似桃花　桃红配天仙

① 唐代孟棨的《本事诗》中说：“博陵崔护…… 举进士下第。清明日，独游都城南，得居人庄…… 叩门久之，有女子自门隙窥之…… 及来岁清明日，忽思之，情不可抑，径往寻之。门墙如故，而已锁扃之。因题诗于左扉。”这就是《题都城南庄》一诗的由来。该诗至今广为传诵。诗题中的“南庄”，在今陕西省西安市长安区桃溪堡村。

哦

红了终南　香了长安

古都妖娆一千年

后来你城南寻笑脸

只剩桃花　没了笑颜

不知你今天怎么样
却记着那树鲜艳
灿烂依旧　依旧斑斓
哦
美了终南　醉了长安
从唐朝醉到今天

怀念那缕春风
又看桃花　又看　又看
怀念那个柴门
又见笑脸　又见　又见
不知你今天怎么样
怀念那双守望的眼
哦
红了终南　醉了长安

点评

酒不醉人人自醉，诚然哉！唐代都城南庄，一树桃花一首诗，桃花呢？人面呢？崔护呢？往事越千年，只剩下那首诗和那段人间佳话了！或许那也只是一首诗而已，却勾引了一代代诗人、文人丰富的联想。想象是时空的翅膀，可以随时穿越，去寻找人面和桃花。薛保勤的诗就是这样的翅膀，翻飞忽近忽远，使人魂随诗转。我读这首诗，感觉那是唐长安的翅膀，一直飞到了今天；又感觉那是时代的翅膀，随时能飞到那棵桃树跟前！诗的妩媚、暧昧，令人叹为观止！

雁塔夜吟

高阁起　翘大唐
神州文明扬
儒子题名学为本
精神有家乡

金风爽　雨流芳
霓虹笙歌忙
雁塔风铃声声慢
今古诉衷肠

青松高　古柏壮
巍峨抵天堂
李杜对酌酒如歌
沧桑伴辉煌

佛家地　经绕梁
玄奘译书忙

油尽灯枯成伟业
塔前树大像

飞虹起
乐悠扬
叮咚叮咚荡秦腔
洪钟大吕萦天宇
乐骤水翱翔

点评

《雁塔夜吟》，总令我浮想联翩。诗中的旋律、意境，是否来自大唐？李杜在天有灵，是否身临喷泉广场而吟唱？唐僧魂灵散步，是否会驻足而观赏？

乐游原[1]遐思

一

乐游原　守秦川
八百里好河山
眼底沧桑兴亡事
惊鸿一瞬间

乐游原　望终南
峰头起流岚
暮色烟柳夕霞残
落红独悟禅

① 乐游原位于陕西省西安市大雁塔东北方向，青龙寺附近。此地秦时名曰“宜春苑”，现名得于汉代。唐时此地是京城人的游赏胜地，也是俯瞰长安的一处高地。历史上，很多著名诗人在此留有诗词作品。其中，李白的“乐游原上清秋节，咸阳古道音尘绝”（《忆秦娥·箫声咽》），李商隐的“夕阳无限好，只是近黄昏”（《登乐游原》），传诵至今。

二

乐游原　夜阑珊

朗月挂前川

皑皑白雪苍岭秀

夜静增峭寒

乐游原　悟终南

空灵有幽兰

仙峰道谷觅捷径

心静即为仙

点评

漫步的节奏，轻快的诗句，放飞的心情。读这首诗会使人油然而生一种奇妙的遐想和向往。乐游原虽然不像唐朝那般“乐游”，却积淀了人文历史的厚重，使人在沧桑感怀中获得一种慰藉、一种满足。如果说乐游原是唐长安的一枚图章，那么这首诗就是这枚图章的解说词和画外音。

问天 兵马俑祭

问天
那张铅灰色的脸
透过秦扫六合的烟尘
回望焚书坑儒的惨淡
一问两千年
落叶满长安

问天
那双紧握的拳
检点周秦汉唐的辉煌
梳理血与火的喜忧参半
一握两千年
残月笼长安

问天
那双凄迷的眼
审视岁月的瘢痕

追问高尚与贪婪
一叹两千年
秋声漫长安

问天
那支骁勇的地下军团
守望曾经的辉煌
见证华夏的威严
一望两千年
华夏盼长安

问天
那柄尘封的剑
遥指天上直对人间

点评

与其说是《问天》，毋宁说是天问！面对兵马俑，一个诗人如何能无动于衷？如何能按捺住追问的冲动？如何能不发出历史的回声？诗心澎湃，就像秦岭的云在滚动；诗情浩荡，就像雁过长空；诗问凝重，就像兵马俑瞪圆的眼睛！诗心有如秦人心，却携周秦汉唐魂，使追问掷地有声，使底蕴古今贯通，使答案如春风破冰。《问天》，这是当代的《天问》！

大秦岭

神州一横划南北
一路奔腾向西东
坐拥华夏礼乐地
守望周秦汉唐风
苍龙巍峨三千里
长卷峥嵘展画屏
我问天公何壮美
天公遥指大秦岭
秦岭有多高　傲岸迫九重
秦岭有多重　炎黄千古情

点评

诗的优势在这里：方块汉字排列组合，仿佛陈抟老祖排列棋局，字字占神位，句句聚神气，传神之笔，寥寥数句，大秦岭便横空出世而巍然屹立。纵有丹青高妙手，秦岭魂魄恐难描；只有借重诗人笔，解得秦岭重与高。

又见昆明池

一面飞镜天上来
一泓碧水落人间
曾经汉武训水师
舰船纵横起狼烟
沧海千年　桑田千年
亭榭远逝梦楼船
一池昆明水
回首忆长安

一波烟柳接远山
半围花海香秦川
牛郎凌波一池月
织女长袖舞翩跹
秦岭翘首　翘首问天
唐时明月汉时帆
一池昆明水
多情醉长安

烟波浩渺伴终南
驭舟唱晚荡青莲
汉唐盛境今又现
国运水运看变迁
曾是奇观　今又奇观
山水林湖皆诗篇
一池昆明水
长歌颂长安

点评

一唱三咏叹，才情诗中见。诗中有画卷，展开人惊叹。果然是沧海变桑田，果然是桑田变沧海，穿越了两千年，昆明池重回人间，不是神话，胜似神话，就是神话。这一池水，应认得秦岭，可记得长安？读罢此诗，心生波澜。昆明池莫非就是为这一首诗才重生转世的？

天爷爷打翻酒一坛

天爷爷打翻酒一坛
地上就有了九十九道湾
红军哥哥点燃了一把火
烧红了中国一片天

红军哥哥点燃了一把火
烧红了东方的一片天
……

点评

歌以咏志，歌以抒怀，歌以释放无尽的想象。天旋地转，沧桑巨变，声声铿锵，唱出理想，唱出辉煌！

你带我飞

我欲探索奥秘
是你点燃我理想
我欲上天访月
是你给了我翅膀
我欲透析世界
是你给了我眼光
我欲人类健康
是你给了我力量
飞吧
你带我飞吧　飞吧
带我飞吧　飞吧
飞过大地　飞过海洋
飞吧
你带我飞吧　飞吧
带我飞吧　飞吧
抚摸星星　迎接太阳

寻觅宇宙原本的模样
飞吧
你带我飞吧　飞吧
带我飞吧　飞吧　飞吧
飞吧
我心激荡

我欲探索奥秘
是你点燃我理想
我欲上天访月
是你给了我翅膀
我欲透析世界
是你给了我眼光
我欲人类健康
是你给了我力量
飞吧
你带我飞吧　飞吧
带我飞吧　飞吧
飞过大地　飞过海洋
飞吧
你带我飞吧　飞吧
带我飞吧　飞吧
穿越苍茫　拥抱曙光

把那天地丈量

飞吧

你带我飞吧　飞吧

带我飞吧　飞吧　飞吧

飞吧

人间天上

飞吧

点评

听说这首诗是写给中国科协的会歌，很自然《你带我飞》那个“你”是指科学，是指献身科学的人们。莫说听唱，就是诵读，也能感受到旋律的铿锵，也能领略到气势的昂扬，也能分享到科学的力量，甚至能嗅闻到诗歌的芬芳。诗歌的节奏一旦赶上了时代的脉搏跳动，并与科学共鸣，那种不可遏制的能量宛如井喷，随即化作排山倒海般的精神气浪，总是向前、向上！这首诗自带节奏，自成旋律，最适合吟唱、高歌！

敕勒歌

心随天地走　意被牛羊牵
大漠的孤烟　拥抱落日圆
在天的尽头　与月亮聊天
篝火映着脸　醉了套马杆
心随天地走　寻找那达观
情缘你在哪　姑娘问着天
在天的尽头　与月亮把盏
篝火映着脸　走马敕勒川

敕勒川　阴山下
天似穹庐　笼盖四野
天苍苍　野茫茫
风吹草低见牛羊
敕勒川　阴山下
天似穹庐　笼盖四野
天苍苍　野茫茫
风吹草低见牛羊

心随天地走　意被牛羊牵
大漠的孤烟　拥抱落日圆
在天的尽头　与月亮聊天
情缘你在哪　姑娘问着天

点评

我想说，李白回来了！更准确地说，是李白的魂回来了。这首诗宜唱，宜吟，宜诵，甚至宜吼！听唱，抑制不住旋律的高扬；自吟，禁不住韵律在胸间鼓荡。恰在吟唱之时，浩瀚将眼界无限拓展，想象比雄鹰展翅云上还要高远。汉语言的旋律、韵律被汉字的排列组合完美呈现，画面就像实景一般扑到了眼前！诗的豪迈恰如诗的本身，让人不能不击节而歌，不能不拍案叫绝！

风从千年来

五千年的翠柏
五千年的根
五千年的血脉
五千年的魂
五千年的守望
五千年的云
五千年的中国人
滋养的精气神

黄陵啊！
沮水汤汤　桥山葱葱
一脉相承华夏同心

五千年的牵挂
五千年的灯

五千年的沧桑
五千年的风
五千年的心印
五千年的星
五千年织就的中国结
酝酿的中国红

黄陵啊!
沮水汤汤　桥山葱葱
轩辕先祖　佑我苍生

我不远千里来追寻
我寻祖
我问宗
捧一把黄土
诉不尽的情
风从千年来
放飞中国龙

点评

读这首诗，不禁热血沸腾。一唱五千年沧桑，一歌千万里山河。借问此诗，何以豪迈如龙云翻滚，浩瀚如龙涛波涌？我必曰：人文也！格局也！非人文兜底，诗之巍峨何以顶天立地；无格局雄阔，诗之大气何以惊天动地？诗人如鹤立高云，一眼望尽五千年华夏文明，一气吞吐五千年神州风云，既举重若轻，又举轻若重。举重若轻，五千年文明一气呵成诗句；举轻若重，每一句都凝结了人文图腾的倾情记忆与虔诚皈依！五千年风，是中国之古风，是华夏之雄风，平地掀起时代的阳刚之风！

西湖晨思

夜宿西湖。

雨，淅淅沥沥地下了一夜，时大时小，时轻时重。天放亮的时候，我迫不及待地打开窗户。淡淡的雾霭，袅袅地飘摇着，一股带着湿气的清新扑面而来，抬眼望去，水天一色，烟雨迷蒙，透过婀娜柳丝的缝隙，晓雾中，几只乌篷船，时快时慢，时隐时现，在水面上“悠”着。

我撑起伞，雨中沿湖漫步，品着湖边一波又一波拍岸的浪，看着曾经繁茂而今凋零的荷，瞅着柳丝上随着微风摇曳着的诗意的水珠，听着湖边树丛中鸟的喧闹，打量着一拨拨伞下匆匆而过的男女……西湖的雨晨并不寂寞。

雨中的西湖有诗。悠长的、散淡的、迷离的、凄美的、昂然的、激越的、不紧不慢的、不温不火的，淡淡的忧伤，浓浓的闲适……它会依照不同人的心境，不同人的需求，给你不同的“诗”。美需要发现的眼睛，需要认知的情怀，需要感受的心灵。

西湖的美是多姿多彩的，晴有晴的美，阴有阴的美。西湖的景是有灵性的，西湖的美是含蓄的。然而，西湖的美不仅限于此。

我很惊奇，在这样一个有限的范围里，“云集”“交织”了那么多人文景观。西湖是一本奇妙的“读图时代”的书。一经接触，就让你走进了历史。它帮着你看“图”解“文”。

出杭州宾馆沿湖西行百多米，武义士墓、苏小小墓、秋瑾墓、西泠印社、中国篆刻博物馆、浙江博物馆、平湖秋月、断桥残雪……还有关于吴昌硕的、黄宾虹的、启功的……“壮志饥餐胡虏肉”的岳飞，“秋风秋雨愁煞人”的秋瑾……

环顾西湖，由此生发开来，你可如数家珍——断桥残雪的许仙、白娘子，长桥送别的梁祝，修建白堤苏堤的白居易、苏东坡，“要留清白在人间”的于谦，“我劝天公重抖擞，不拘一格降人才”的龚自珍，红顶商人胡雪岩，特立独行的章太炎，毛泽东“别了”的司徒雷登，“俯首甘为孺子牛”的鲁迅，为真理而战的马寅初，还有遗臭万年的秦桧……气势恢宏的、气宇轩昂的、柔美凄切的、哀婉绵长的、风流倜傥的、千夫所指的，真实的、传说的、古代的、近代的、现代的、政治的、经济的、文学艺术的、宗教神话的，金戈壮士、民族脊梁、硕儒大师、红尘女子……

山水一旦附加了人文价值，就会有点石成金的妙用。西湖，让我们心仪的不仅是自然。一草一木总关“情”，一楼一台总关“事”，似乎它的每一个角落，都藏有故事，每一座院落都藏有人生。它的周边“浓缩”了多少中国经典，浓缩了太多的“人”与“文”。这种“自然”与“人文”交融，使西湖的美，多了一层层耐人寻味的意蕴。这西湖山水就给了你“别有一番滋味在心头”的慨叹。

景是支撑，文是魂。西湖是有文化的。它的文化不是急功近利的，不是为利而造的、为名而编的、为“功”而建的。它的文化，来自多少代西湖人坚持不懈的文化创造、文化开掘、文化梳理、文化积累、文化传承。这种文化有根、有源、有境、有界。它是丰富的、丰满的、丰厚的，它是儒雅的、经典的、脱俗的，又是大众的、草根的，它是博大的、多元的、包容的。它源于生活又“高于”生活，它源于西湖又“关照”着西湖。它属于英雄，也属于百姓。这种文化，是源远流长的，“水”到“渠”成的，天衣无缝的。

我很惊奇，雨中的西湖竟然“云集”了那么多人，目睹一把把彩伞下那一双双“贪婪”的眼睛，你也会顿生一种“游西湖”的渴望。一顶顶“伞”乐此不疲地“走”着。西湖的边恍如镶上了一个巨大的流动的彩色项链。我在看景，亦融入了景，我成了景中之景。

伞在“流动”着，“景”在流动着，人在流动着，文在流动着，思想也在流动着。西湖留给你的绝不仅仅是风景。

感谢那个风云际会的黄金时代

大约十多年前，四川大学中文系七七级的一位同学出版过一本长篇小说，叫《七七级时代》。《中国青年报》曾为该书发过一篇书评，文中有这样一句话：七七级是前无古人后无来者的一代，是里程碑的一代，他们也是挑起社会大梁的一代，但他们已进入了更年期。我对“更年期”的印象十分强烈。

的确，七七级是光荣的。当时，别人看着光荣，我们自己也感光荣。而今我们陆续进入老年，曾经的光荣已成为明日黄花，我们没有理由自恋，没有必要自得，更不需浅薄地沾沾自喜：我们当年“阔”多了。在历史的长河中，我们是微不足道的沧海一粟，但七七级作为中国高等教育史上特殊的历史符号，却值得回望、留恋、追思和透视。

感谢时代，感谢粉碎“四人帮”的伟大历史转折。没有这个伟大的转折，就没有拨乱反正的历史进程，就没有邓小平做出恢复高考的伟大决策，就没有我们今天的人生。感谢时代，感谢伟大的思想解放运动，没有这伟大的解放，就没有那么多鲜活的、睿智的、灵动的、诗意的，有理想、有情怀、有担当的开启心智的思想观点的滋润，就没有社会给我们提供的广阔的、创造的、创新的成长空间。

感谢时代，没有这伟大的解放，就没有那么一批聚焦时代、反思历史、贴近生活、透视现实、昭示未来、动人心魄的文学作品：《班主任》《伤痕》《晚霞消失的时候》《乔厂长上任记》《小草在歌唱》《请举起森林一般的手，制止！》《于无声处》《假如我是真的》……我们的文学理想、文学思维、文化责任、文化担当，就是在这样的背景之下成长、丰满、丰硕的。

感谢文学，是文学给了我们梦想，是文学给了我们理想。在精神文化产品极度匮乏的“文革”岁月，有限的文学作品曾是我们暗淡的青年时代的精神抚慰，是我们在深山大漠插队落户的日子里、漫漫长夜中面对苦难的孤寂的灯，是我们孜孜以求、坚守理想、不自暴自弃的希望。是文学中的真善美，滋润着我们干涸的灵魂，是文学作品中虚幻的美好丰富着枯燥的生活。我们的文学理想在苦难中萌芽，我们的文学情怀在苦涩中滋长，我们的文学追求在枯燥中蠢蠢欲动。

感谢文学，让我们懂得了关于人的人，关于社会的社会，关于人生的人生，关于理想的理想，关于情感，关于艺术，关于文化，关于丑恶，关于深刻，关于浅薄，关于苛刻，关于善良，关于爱……理想随着文学成长。

我曾经不止一次和友人说起，改革开放初期中国有两大爱好人群，一是爱好政治，二是爱好文学。文学在当时人们的心目中，有着“崇高”的地位。就连找对象的青年男女，征婚时也要注上“爱好文学”这加分的一笔。广泛的文学社会基础，使得中文系学生比其他专业的同学又多了一份不言而喻的“光荣”。正是文学这深厚的社会基础，才使得我们创办的《希望》文学月刊有了那么好的“发行”空间和“市场”空间，才有了《希望》一个下午在西安四条大街三千多册一售而空的“奇迹”。

记得入学时我们班七十三个同学中年龄最大的是三十二岁，年龄最小的是十六岁。大家有着不同的年龄、不同的经历、不同的学识、不同的人生，在温暖的集体中互相濡染着、陶冶着，互相激励着、关爱着。你的经历丰富着我的经历，你的人生丰满着我的人生，你的勤劳激励着我的勤劳，你的优秀鞭策着我的优秀。

感谢那个崇尚知识的社会，感谢那个崇尚文化的社会，感谢那个家事国事天下事事事关心的、人人有一份家国情怀的社会，感谢那个生活虽然清贫却朝气蓬勃的社会，感谢那个日子常常艰难但对未来充满热望的社会，感谢那个腰包常常拮据但充盈着理想的社会，感谢那个包容年轻人的轻狂不安和骚动的社会。

在我们常常不由自主地津津乐道于我们的优秀时，别忘了感谢那个风云际会的黄金时代。

诗向千年去 | 后记

诗歌是人内心真情的流露，是来自灵魂深处的吟唱。诗歌以灵性之光浇灌着我们的精神，滋养着我们的灵魂，点燃着我们的理想，呐喊着我们的忧愁——这样的浇灌、滋养、点燃和呐喊，已经成为我们这个民族最重要的文化符号与密码。诗歌不是为了反映写作者庸俗的功名与利禄，而是心镜对社会的能动投射，是心与心的沟通，心灵与心灵的对话。诗人就是那个写出了诗歌，希望别人能够诵读，而自己又安静地坐在书桌旁的人。

大约十年前，我曾和著名诗人、《诗刊》常务副总编李小雨先生在北京同窗两月。小雨德高望重，我们班同学都叫她大姐。大姐朴素、平和、随和，平时话语不多、不张不扬。但说起自己的专业，却又有一种滔滔不绝的执着和直来直去的单纯。一次，我们围绕文化传承与发展进行课堂研讨，小雨的发言让我至今难忘。她深为时下中国人文精神的流失痛心疾首。谈及诗歌，她说："诗歌是一个民族修养的重要组成部分，如果每一个人都能写诗，那么，中国的现代化进程将会缩短。"她话音刚落，我们大家都笑了，她却极为认真，有一种不容置疑的神圣和庄重。

小雨不是一个"好学生"，记得我们上课时她常常迟到，进教室总是背一个大书包，书包里装满待审的诗稿。上课时，她仍然时不时地干私活。我的一本诗集要在人民文学出版社出版，惴惴不安请她作序。她看了书稿，欣然应允。一个礼拜天，我在外参加一个活动，她发来短信："保勤，这个礼拜没回家，用了两天把序写好了。你不在宿舍，我把稿子塞你门底下。我现在回家看看。"她的认真、她的热诚、她的老大姐式的关爱，让我感慨、感动、感念、感怀至今。我也理解了诗歌在她心中的地位。诗歌的传承与普及是她的理想！没想到大姐却早早地走了，想起就让人唏嘘！

我对诗歌的理解与追求，深受小雨的影响。小雨大姐的追求，不断提醒我：我还能为诗歌做点什么？是否能够为朗诵者写一些文本？它可能是微不足道的，但却是有意义的。

吟诵是诗歌题中应有之义。它可以通过朗诵者的二度创作，深化、张扬、升华诗歌的内涵，通过声音给作品插上飞翔的翅膀，让阳春白雪走进大众，进而扩大诗的阅读范围。写了多年诗，我在兼收并蓄的同时，一直坚守着诗歌意义上的立意、意境、节奏、韵律，以期便于吟诵。如果这诗可以谱曲，我也乐于让作曲家谱，手头也就有了七八十首诗的"衍生品"。

我是记者出身，当过编辑，做过出版管理工作。随着数字出版技术日新月异的发展，面对无限可能却无法预测的未来，一直想做一本将诗歌、评论、摄影、朗诵、歌曲有机融为一体的书（所谓的诗、画、影、音、乐），希望对传统的出版形态有所创新和丰富。《风从千年来》呈现给读者的一百余首诗、朗诵、点评和若干首歌曲，以及几十幅与诗歌内容相呼应的摄影作品，既是我对出版创新的尝试，也是对未来诗歌传播走向的判断。想法产生在三年前，由于种种原因直到今天才得以付诸实施。

人是物质和精神的结合体，人在构建自己物质家园的同时，也在营造着自己的精神家园。毫无疑义，诗歌，就是精神家园中的璀璨宝珠，她既不事声张，又光彩夺目，引领和标识着人及由人组成的团体和民族的气质、风韵和神采。

中国有悠久的诗歌传统，风是中国最早的诗歌形式之一。我所敝帚自珍的《风从千年来》，本是我为黄帝祖陵写的一首诗，后被赵季平先生谱成曲，而后又被韩磊先生演唱，得到了更大范围的传播，让我感到了从诗到歌的张力与生命。我之所以用它作为本书的书名，既包含着诗从千年来的源远流长，又隐含着诗向千年去的殷殷期许。

诗韵成而动情，情炽心而为歌。在这样一个数字阅读时代，我们的诗歌创作和传播，应该有着怎样的维度与方向？是单线条的平面化坚持，还是与时俱进与日维新的立体化创新？我们的时代与读者，更需要什么？“风”从千年来，应向千年去，我们有这样的责任、使命和担当。也许，“诗、画、影、音、乐”五位一体的呈现方式，正是我们走向千年的路径。

本书的出版涉及朗诵、评论、摄影、作曲、编曲、演唱、录音、后期编辑制作，背后凝结了数十位学者、艺术家、媒体工作者们的辛勤劳作。

感谢几十位朗诵艺术家，是他们的二度创作与精彩表达，让我的诗歌有了更多的受众，并且随着他们的声音不断地走进艺术殿堂。他们是：我国著名朗诵艺术家徐涛、瞿弦和、高峰、吴京安；陕西的表演艺术家蒋瑞征、董少敏；中国金话筒获得者海茵、包志坚、陈洁、赵冬安；广播电台的播音员孙维、凌江、耿万崇、王芳、晓河、高帆、孙凯、彭波、李诚、孙亮，以及刘宝玲、朱德海两位教授。

感谢著名作家孔明先生的点评，他本来是可以写许多鸿篇巨制的，却放下身段，不厌其烦为我的一百多篇诗作写了“小评论”。他的评论不“小”，用心良苦，为我的作品提了神。

感谢我国著名作曲家赵季平、孟庆云、张千一、刘洲、张林、王洁、朱宏亮、甘霖、赵麟、李珂和刘乐先生。他们用旋律为我的诗插上了音乐的翅膀。还有歌曲的演唱者、著名歌唱家韩磊、谭维维、王莉、周澎、喻越越、王二妮、刘梅、廖昌永、吕薇、沙莎，感谢他们的精彩演唱。

感谢我国著名作家、茅盾文学奖获得者陈彦先生。我们是朋友，是视为知己的纯纯的君子之交。他曾是我许多作品的第一读者，我曾从他那里得到过很多珍贵的建议、温暖的认同和热情的肯定。他调到北京后，工作繁忙、写作任务很重，能在工作间隙挤出时间认真阅读作品，并为本书作序，不能不让人为之感动。感谢他让我脸红的褒扬，在文学的影响力越来越小、诗歌的受众越来越少的背景下，他的建议与鼓励弥足珍贵！

感谢陕西师范大学出版总社的刘东风、郭永新、焦凌同志，从本书的策划、谋篇、筛选、编辑、录制，不厌其烦如打磨一件精美的艺术品。他们的敬业、专业，精益求精，一次次让我感动！另外，围绕本书朗诵音频的录制，还有很多新媒体工作者付出了心力，再此一并表示感谢。

文学作品的评判者是读者，读者是作者的上帝。希望读者能喜欢这本诗集，你们的认可是对我最大的奖励！

薛保勤

2020 年 4 月 24 日

朗诵及演唱诗歌目录

扫码收听朗诵

生命短章

把灵魂放到高处——生命短章之一　孙　维，董少敏，孙　凯

假如灵魂能够出窍——生命短章之二　孙　维

花开的时候——生命短章之三　董少敏

蜡烛——生命短章之四　孙　维，董少敏

远方——生命短章之五　董少敏

胡杨——生命短章之六　孙　维，蒋瑞征

武夷山，这杯茶——生命短章之七　孙　维

邂逅　洱海边的诗行——生命短章之八　耿万崇

题秋——生命短章之九　耿万崇

桂花•题照——生命短章之十　晓　河

和你一起看彩虹　王　芳

让生命走出自然的轮回　凌　江，刘宝玲

夕阳与麦浪　包志坚

红叶与我的人生对话　刘宝玲

春天的花与秋天的果　海　茵、孙　凯

在路上　霞　王　芳

在路上　月　王　芳

在路上　星　　王　芳
夜的眼睛　　海　茵
给妈妈的话　　刘宝玲
牵着女儿走在大街上　　李　诚
一个丑恶的灵魂能够走多远　　海　茵、孙　凯，董少敏
给灵魂一个天堂　　王　芳，董少敏
把灵魂打扫干净　　海　茵
爱鱼说　　海　茵
将军　你不要流泪　　徐　涛
青春的备忘　追怀——知青岁月之一　　海　茵、高　帆
青春的备忘　希望——知青岁月之二　　海　茵
青春的备忘　生命——知青岁月之三　　刘宝玲
青春的备忘　故乡——知青岁月之四　　海　茵
大爱无垠　　海　茵
拉着你的手　　王　芳
思念是条河　　李　诚
醉人的风景在哪里　　王　芳

山高水长

土楼、纽扣和酒　　耿万崇
大理的“理”　　耿万崇
壶口　在你面前　　包志坚

雁塔听风	包志坚
在高原　歌	凌　江，蒋瑞征
在高原　老农	蒋瑞征
钓雪	刘宝玲
早春·龙井	刘宝玲
一夜千年——丽江印象	海　茵
喜欢草原	耿万崇
草原·寻找……	包志坚
草原的风	包志坚
草原情思……	包志坚
井冈抒怀	高　峰
茨坪题照	高　峰
走进延安	赵冬安
三沙　祖国和她的士兵	董少敏
秦岭　我和小鸟的对话	李　诚
江中的乌篷	李　诚
嘉陵江随想	王　芳、高　帆
红叶，你好！	王　芳
金秋的某一天	王　芳
看荷——致友人	王　芳
花与人生	陈　洁
落花	陈　洁
关于你——谒胡适	李　诚

悠远的芬芳——谒邓丽君 凌 江
贵妃怨 刘宝玲
咸阳吟 高 峰，海 茵、包志坚，徐 涛
岁月的回响 凌 江

人生百态

黑与白的交响 凌 江
其实你不懂 蒋瑞征，凌 江
我只想听你说 李 诚
错了 我错了 陈 洁
不是，不是这样的 凌 江
清鸣 凌 江
心中有一片天 蒋瑞征
失望 蒋瑞征，凌 江
开会 李 诚
狡猾——致友人 凌 江
不要说无奈 蒋瑞征
清明的想…… 刘宝玲
我坚信 凌 江，高 帆
沉默——致徒弟 蒋瑞征
绝不 凌 江，高 帆
自问 凌 江

了了歌　凌　江
屈原，我对你说……　凌　江
李白请我去喝茶　蒋瑞征
我拉李白去喝酒　包志坚
远行　彭　波、凌　江
孩子　你不要牵挂　孙　维、凌　江
不要说我们是英雄　孙　维、凌　江

岁月如歌

送你一个长安　海　茵、包志坚，赵冬安
城　刘宝玲
曲江春晓　刘宝玲
又看桃花　又见笑脸　刘宝玲
雁塔夜吟　蒋瑞征
乐游原遐思　包志坚
问天——兵马俑祭　朱德海，吴京安
大秦岭　包志坚
又见昆明池　包志坚

附篇

西湖晨思　凌　江
感谢那个风云际会的黄金时代　凌　江

我惭愧

朗诵：瞿弦和

庚子早春的风景……

朗诵：孙　亮

思念是条河

作曲：张　林　编曲：朱宏亮　演唱：刘梅

深情的告白

作曲：王　洁　朱宏亮　演唱：喻越越　韩磊

孩子　不要牵挂

作曲：刘　乐　编曲：李　珂　演唱：王莉

送你一个长安

作曲：甘　霖　演唱：廖昌永　吕薇

城

作曲：赵　麟　演唱：沙莎

大秦岭

作曲：张千一　演唱：周澎

天爷爷打翻酒一坛

作曲：赵季平　演唱：王二妮

你带我飞

作曲：孟庆云　演唱：王莉　周澎

敕勒歌

作曲：刘　洲　演唱：谭维维

风从千年来

作曲：赵季平　演唱：韩磊
